TERRA FAMINTA

Andrew Michael Hurley

TERRA FAMINTA

Tradução de
André Czarnobai

Copyright © Andrew Michael Hurley 2019
Publicado originalmente em inglês pela John Murray, parte da Hachette UK.

Título original
Starve Acre

Revisão
Manoela Alves
Agatha Machado
Milena Vargas

Projeto gráfico, diagramação e design de capa
Túlio Cerquize

Ilustrações de miolo e capa
Midrusa | @midrusa

CIP-BRASIL. CATALOGAÇÃO NA PUBLICAÇÃO
SINDICATO NACIONAL DOS EDITORES DE LIVROS, RJ

H939t

    Hurley, Andrew Michael, 1975-
        Terra faminta / Andrew Michael Hurley ; [ilustração Midrusa] ; tradução André Czarnobai. - 1. ed. - Rio de Janeiro : Intrínseca, 2021.
        240 p. : il. ; 23 cm.

    Tradução de: Starve Acre
    ISBN 978-65-5560-224-1

    1. Romance inglês. I. Midrusa. II. Czarnobai, André. III. Título.

20-67837   CDD: 823

                                         CDD82-31(410.1)

Meri Gleice Rodrigues de Souza - Bibliotecária - CRB-7/6439

27/11/2020   02/12/2020

[2021]
Todos os direitos desta edição reservados à
Editora Intrínseca LTDA.
Rua Marquês de São Vicente, 99, 3º andar
22451-041 – Gávea
Rio de Janeiro – RJ
Tel./Fax: (21) 3206-7400

www.intrinseca.com.br

Para Glenn e Paula.

— Que lugar tranquilo,
Aquela casa no mato com o gramado sombreado.
— Se você soubesse, criança, o que se passa lá
Você não chamaria esse lugar de tranquilo.
Pois um fantasma, o último de sua raça, o habita
E lá uma cabeça gira até o dia clarear.

"A Casa do Silêncio", Thomas Hardy

"Aquele-que-não-para.
O Pé-que-é-um-leque.
O Bêbado-na-noite.
O Terra-em-fuga.

O Pedaço-das-trevas.
O Puxa-capim.
O Velho-duque-de-março.
O Bufão-de-maio.

O Espasmo-da-samambaia.
O Dente-de-leão-que-se-arma.
O Olho-esbugalhado.
Quem-marca-os-caminhos.

O Bate-pé.
O Fantoche-de-bruxa.
O Oculto-sorrateiro.
É parte do seu jogo
Mudar de nome."

"A Lebre", canção popular

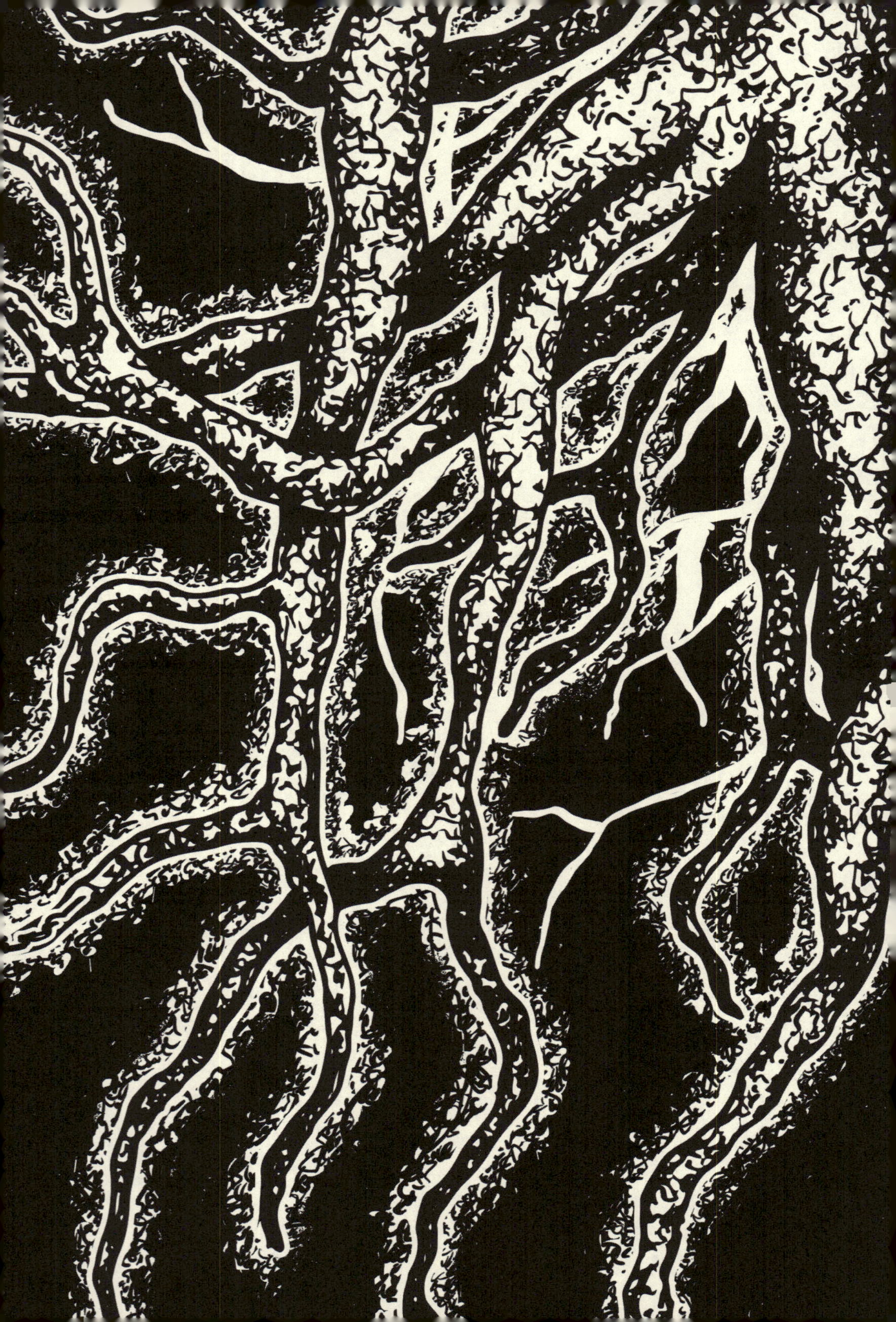

PARTE 1

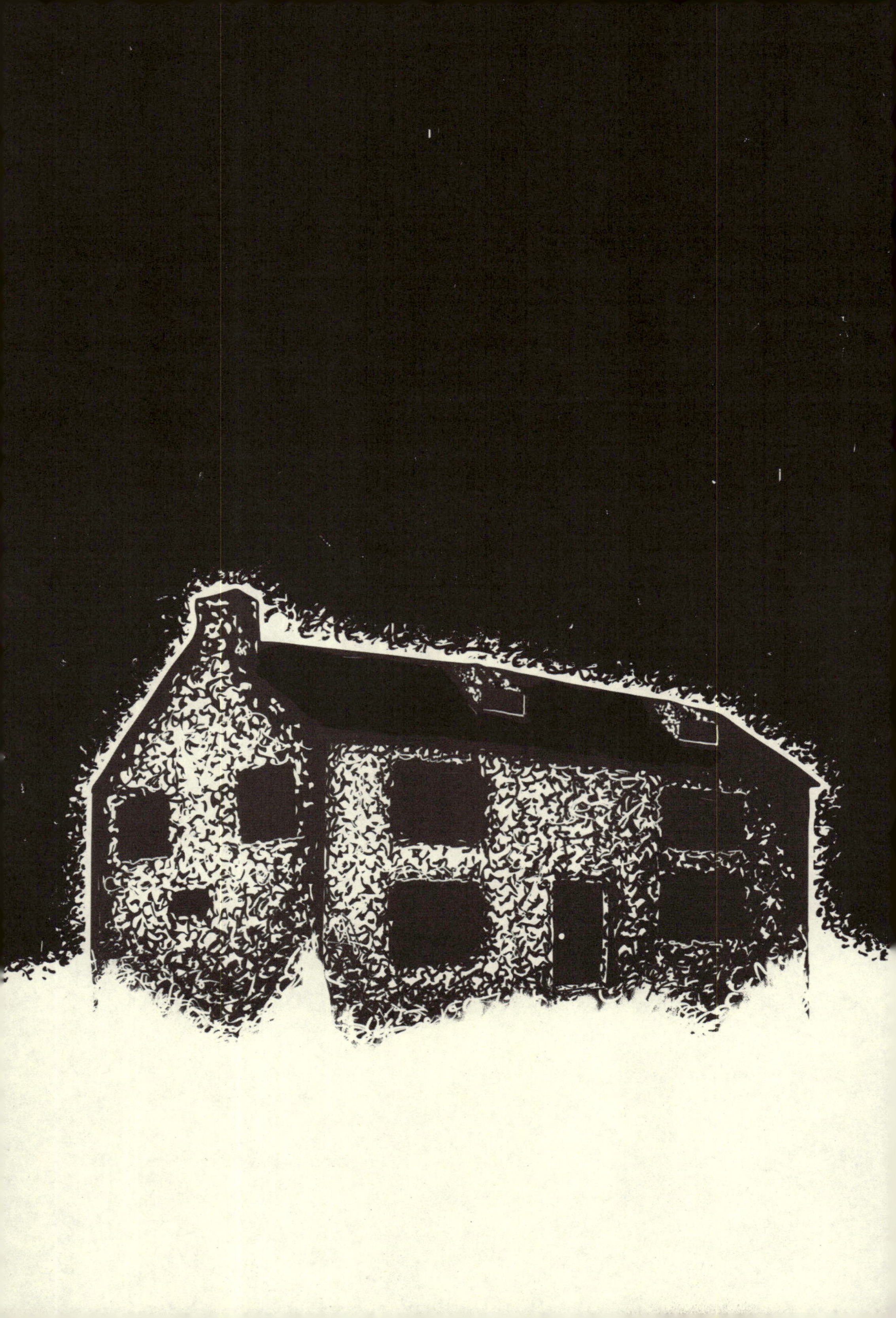

Durante a noite, a neve voltou a cair com força sobre o Vale de Croften, e agora pela manhã as colinas do outro lado da vargem assumiam um tom puro de branco, em contraste com o céu. Mais além, aonde o sol ainda não chegara, o bosque perto do riacho seguia mergulhado em sombras e permaneceria frio por todo o dia. A névoa congelante entremeada às faias e bétulas sem folhas já obrigara uma raposa faminta a procurar por comida em outro lugar. Uma trilha de pegadas profundas saía da escuridão em direção à luz perolada que tomava este lado do vale. Mas o animal parecia ter mudado de direção de forma abrupta; se enfiado num buraco ou numa vala, assustado com as pessoas atirando ali por perto — homens de Micklebrow, provavelmente, que foram até o urzal se aproveitar do enorme espaço vazio no qual as perdizes e os faisões desfilavam em evidência, como pinceladas de tinta em uma tela em branco. O som das espingardas e assobios ecoava no ar, que permanecia estranhamente estático, em suspense, após a tormenta. A tempestade havia durado horas, e a extensão de sua fúria era notória, tendo em conta a camada de gelo que cobria as paredes de pedra seca. Elas formavam cristas irregulares e pontiagudas, como numa onda se quebrando contra barreiras inadequadas.

E assim seguiu o inverno. Acumulando-se sobre si mesmo dia após dia. Fazendo as casas no vale parecerem ainda mais remotas do que o normal.

Nenhum dos fazendeiros havia saído, ainda, com seu limpador de neve, e na estrada perto de Starve Acre a neve fora removida durante a noite, antes de congelar. Estava toda empilhada ao longo das margens da estrada, como se fossem destroços.

De seu escritório, Richard Willoughby ouviu outra salva de tiros e viu as gralhas debandando dos freixos do lado de fora da janela. Elas se agruparam numa bola de asas e resmungos e saíram batendo suas asas em direção ao campo do outro lado da estrada. Já fazia alguns dias que, desesperadas, elas haviam começado a procurar alimento em montículos de terra congelados, encontrando pouca coisa ou nada para garantir o seu sustento.

Richard tinha a sensação de que fevereiro estava simplesmente se recusando a deixar o vale. Queria muito que ele acabasse, e logo. Tinha alguma coisa que o agradava no fato de poder dizer que era março. Alguma coisa no nome que sugeria um propósito vigoroso, um movimento para a frente, de todas as coisas. Hora de trabalhar. Hora de carregar baldes nos ombros. Havia versos em poesias sobre o começo da primavera que ele achava que deveria decorar, em uma espécie de garantia de que o mundo voltaria a ser verde novamente. Num dia como este, era fácil duvidar. Tudo estava faminto e esquálido. Tudo estava à espera, assim como ele também.

As gralhas rodopiavam no céu, seus berros estalando no ar gelado e, enquanto as observava, Richard sentiu uma sensação de inchaço na cabeça — algo similar ao começo de uma enxaqueca.

Ele culpou a si mesmo por ter se distraído. Quando estava no escritório, normalmente prestava muita atenção ao trabalho (sem qualquer retrato de família, aquela era sua masmorra), mas Ewan era capaz de encontrá-lo das maneiras mais inusitadas.

As gralhas o fizeram se lembrar dos pássaros de papel que ele havia feito certa madrugada quando o menino estava assustado e inquieto. E de como, depois de moldar os pássaros a partir das dobraduras, ele inventou histórias com eles e Ewan acabou dormindo, seus olhos enormes fechando num sono muito necessário.

Richard abandonou a frase sobre a qual vinha ponderando, digitada pela metade, mudou-se para a poltrona ao lado das estantes e ligou o rádio. Um dos *Concertos de Brandemburgo* estava tocando. Ele colocou os fones de ouvido e aumentou o volume até que as cordas e os sopros se distorcessem, tentando desaparecer em meio ao ruído e mandar Ewan de volta para o buraco sombrio de onde havia emergido. Se ele tinha de estar ausente, por que não podia simplesmente permanecer assim? Um vazio é uma coisa com a qual se pode lidar, da mesma forma como um homem pode se acostumar a ficar sem uma das mãos ou um dos pés e improvisar uma maneira de viver até que aquilo se torne um hábito, e então uma espécie de normalidade.

Após o funeral no fim do verão anterior, a tática de Richard, a mesma que seguia agora, tinha sido a de trabalhar o máximo que pudesse. Assim, quando o novo ano acadêmico se iniciou, seu comportamento era tal qual o de uma abelha — voava sem parar de uma coisa para outra, porém oferecendo sua devoção máxima a cada nova tarefa.

Talvez tivesse sido ingenuidade esperar que as pessoas não o tratassem diferente, porém a insistência delas em fazer isso se tornou algo muito frustrante, e seus colegas no Departamento de História aprenderam depressa que, se o abordassem com um olhar de pena, ele os evitaria.

Ele nunca havia sido alvo de pena antes. Achou aquela atenção toda insuportável. Não posso parar agora, dizia, ou, estou atrasado. E se a pessoa insistia mesmo assim, e saía andando com ele pelo campus, Richard fazia questão de transformar aquela conversa em algum assunto relacionado ao trabalho. Trabalho era tudo de que falava. Trabalho era tudo o que fazia. Antes das aulas, ele se escondia nas profundezas da biblioteca, e voltava para lá depois que havia terminado. Comparecia a todas as reuniões, até mesmo aquelas que não lhe diziam respeito diretamente. Ele chegava mais cedo para se preparar; ficava até mais tarde para atender seus alunos do mestrado.

Aquilo era insustentável, e ele sabia que não demoraria muito tempo até que alguém percebesse. E então conversas tensas ocorreriam, e as engrenagens rodariam e um rosto sorridente o convidaria a entrar numa sala e o incentivaria a tirar o ano sabático que ele deveria ter tirado anos antes.

— É uma oportunidade de se concentrar na sua pesquisa, Richard. Leve o tempo que precisar. Volte quando estiver renovado.

Ele sabia, é claro, que estavam pensando em si mesmos, e não nele. Livrem-se dele agora e evitem todas as dificuldades e constrangimentos que se manifestarão quando esse maremoto de angústia finalmente atingir o Dr. Willoughby e ele se afogar no meio de uma aula sobre Persépolis ou Lascaux.

A responsabilidade de convencê-lo a tirar uma folga havia sido confiada a Stella Wicklow, que tinha obtido seu doutorado no mesmo ano que ele, porém era muito mais ambiciosa e havia ascendido à posição de chefe do departamento.

— Olha — disse ela. — Pense que eles estão fazendo um favor a Juliette, e não uma injustiça com você. Certamente ela gostaria que você ficasse mais em casa neste momento, não é?

No começo, isso era verdade, mas não agora.

Quando Richard tirou os fones, pôde ouvir Juliette chorando baixinho no quarto acima. Ele estava decidido a deixá-la fazer isso depois do que ela dissera.

Na área de serviço, ele pegou suas galochas e, no armário debaixo da escada, a lamparina de butano e os fósforos, sacudindo a caixa para se assegurar de que ainda havia alguns ali. Depois, usando o cachecol da universidade e o casaco de *tweed* que Juliette havia comprado para ele num Natal, fechou a porta da frente e desceu pela rampa da garagem, deixando pegadas de trinta centímetros de profundidade.

Os atiradores já tinham voltado para suas casas carregando seus sacos de caça ilegal, e os pássaros ainda vivos já haviam retornado aos céus: um maçarico se lamuriando baixinho, três abutres sobrevoando as encostas em silêncio. Durante o inverno, o vale costumava ficar profundamente quieto, especialmente ali, próximo ao urzal. A trilha que passava pela casa — a estrada de cima, como era conhecida — não tinha nenhuma outra função além de ligar um lugar remoto a outro: Micklebrow com Stythwaite, que ficava a três quilômetros da casa, descendo o vale, seus telhados e chaminés amontoados ao redor da torre da igreja.

Do outro lado da estrada ficava o campo — seu campo, ainda era estranho dizer aquilo — que descia pela encosta até o bosque e o riacho. Aquele minúsculo pedaço de terra era uma das coisas que tinha atraído Juliette para Starve Acre em primeiro lugar. Na sua opinião, não havia melhor presente que pudessem dar aos filhos do que um playground natural, que cresceria junto com eles.

Do outro lado do vale, depois do campo de feno dos Westbury, as fileiras de casas de pedra calcária em Outrake Fell pareciam ainda mais severas que o normal, com franjas formadas por pequenos pingentes de gelo, e as ovelhas de Burnsall, que normalmente eram deixadas por sua conta nos campos de pastagem mais elevados durante o inverno, circulavam pela fazenda. O som de suas balidas subia junto com a fumaça da chaminé da casinha. Era o tipo de cena que Juliette imaginava antes de eles se mudarem para cá. Uma simplicidade nos movimentos e nos sons.

Richard abriu o portão do terreno e foi andando pela neve em direção à barraca que havia armado antes do Natal. Era bem resistente, um modelo do exército, e tinha permanecido em pé durante as piores condições climáticas.

Outubro tinha sido um mês repleto de um sol gelado e brilhante, mas novembro trouxe consigo os vendavais e uma chuva interminável. Qualquer vala que Richard abria era logo preenchida por uma água verde oleosa, e então, numa tarde particularmente encharcada, ele dirigiu até a casa de Gordon Lambwell para ver se ele tinha alguma coisa útil à venda.

Gordon, que havia sido amigo de seus pais, morava bem na saída de Stythwaite, na estrada para Settle — uma distância que agradava tanto a ele quanto aos moradores. Seu bangalô tinha a aparência de um chalé suíço e, atrás dele, vários hectares repletos de arbustos e galpões onde ele guardava suas mercadorias. Embora a lateral de sua van declarasse que ele comercializava antiguidades, a palavra era usada no sentido mais amplo possível para significar qualquer coisa que fosse velha, e seus barracões estavam abarrotados de lixo.

Em meio às vigas de um galpão com telhado de metal, ele encontrou uma barraca de lona enrolada junto com suas varetas e a puxou para baixo, provocando uma chuva de poeira. Richard tentou pagar, é claro, mas Gordon relutou em aceitar seu dinheiro por temer que aquilo desse a impressão de que ele estava incentivando o projeto e encorajando Richard a seguir em frente. Estava convencido de que a piora do pai de Richard se devia ao fato de seu filho estar cavucando a terra em Starve Acre.

— Tem certeza de que você deveria estar mesmo cavando por lá? — disse ele.

— Acho que não tenho muita escolha — respondeu Richard. — É a única maneira de saber se as raízes ainda existem.

— Eu deixaria isso para lá, se você quer saber.

— Se eu me deixasse guiar por essa máxima, Gordon, eu não teria um emprego.

— Mesmo assim, eu preferiria que você ficasse longe daquele campo.

— Ele é assombrado? — disse Richard.

Gordon abriu um sorriso sarcástico, mudou de assunto e o convidou a entrar em casa para tomar um drinque.

— E como está Juliette? — perguntou. — Diga que ela precisa vir aqui me ver.

Ela foi.

E esse foi o começo de sua obsessão com a Sra. Forde e os Faróis.

De acordo com Gordon, a barraca havia sido usada na guerra, muito embora qual guerra e com qual propósito não estivesse claro. Havia manchas nas portas que se pareciam muito com sangue. De qualquer forma, o material era de uma solidez e qualidade de outra época, grosso como a vela de um barco, e quando a chuva urrava pelo campo, Richard seguia sempre quente e seco.

Após a nevasca da noite anterior, a barraca estava enterrada até a metade no gelo, assim como muitas das casas das fazendas no vale. Só o topo estava aparecendo, e Richard precisou tirar a neve com os pés para chegar à entrada. As pegadas de animal que ele tinha visto da janela do escritório faziam um desvio para cá e, do lado de dentro, o ar estava carregado com o fedor adocicado das fezes de uma raposa. A fêmea que vivia no bosque tinha voltado, atraída pelo cheiro da caneca de chá que ele tinha se esquecido de levar de volta para casa ou pela lembrança de sua gentileza.

Uma tarde, algumas semanas antes, ele a vira saindo do bosque, a pelagem escarlate cintilando em meio à neve.

Quando avistou Richard, ela parou e ficou olhando para ele de boca aberta, soltando nuvens brancas de vapor. Era óbvio que estava desesperada por comida, como todos os outros animais, e ele entrou na barraca para pegar os biscoitos que havia trazido. O barulho dele mexendo no pacote fez a raposa se afastar, mas ela logo retornou, sua timidez vencida pela fome. Com o corpo inteiro tremendo, ela lambeu as migalhas de alimento nas mãos dele, e permitiu que ele encostasse a parte de trás do dedo em seu focinho.

A raposa tinha sido a única coisa interessante naquele dia, e todos os dias depois daquele. A pá e a espátula haviam revelado exatamente coisa nenhuma.

Mesmo assim, ele sabia desde o começo que aquela empreitada seria uma espécie de loteria. Séculos atrás, aquele campo havia pertencido a uma área comum muito maior, então era difícil saber exatamente onde o Carvalho de Stythwaite ficava. Sendo assim, o plano original de Richard era começar no centro do terreno e ir avançando para o lado aos poucos, como se estivesse andando sobre a face de um relógio.

Se essa árvore fosse mesmo tão antiga e vasta como sugeriam as histórias, então suas raízes deveriam ser como as de Yggdrasil. Mas ele havia se preparado para o fato de que talvez houvesse pouca coisa ou nada para ser encontrado. A maior parte da água da chuva corria pela encosta e terminava no riacho, de modo que o terreno não era úmido o suficiente para preservar a madeira. Mesmo assim, havia uma chance de que talvez houvesse fragmentos aqui e ali.

Ele foi escavando a neve até encontrar as estacas no fim das cordas. Após desamarrá-las, soltou o sobreteto das varetas e o colocou sobre a neve. A cova retangular de solo marrom se destacava em meio a tanto branco, e chamou a atenção das gralhas que agora desciam, procurando por larvas e minhocas. Enquanto Richard ia desmontando a estrutura, mais gralhas foram se juntando no muro, expressando sua impaciência, exigindo asperamente que ele fosse trabalhar em outro lugar. Mas elas podiam passar o dia inteiro cavucando ali e não encontrariam nada para comer. Aquele lugar era estéril.

Richard pegou as varetas, levou-as uns dez metros mais para dentro do círculo imaginário que criara, e começou a montar a estrutura no próximo lugar em que pretendia cavar. Tirando a neve com uma pá até chegar na terra, ele montou o resto da barraca, esticando as cordas, certificando-se de que tudo ficaria protegido das condições climáticas.

No fim do processo, ele estava suando por baixo do casaco e, mesmo assim, os dedos de seus pés e de suas mãos estavam dormentes. O abrigo produzia apenas uma ilusão de calor, mas, apesar disso, ele estava feliz de entrar na barraca. Acendeu a lamparina com um leve clique e deixou-a queimar por alguns minutos, esfregando as palmas das mãos, arrependido de não ter levado uma garrafa térmica com chá.

Quando conseguiu sentir novamente os dedos, ele pegou seu caderno e anotou a data no alto de uma página em branco. Então, colocando pedras para manter as páginas abertas em cima do quadrado de lona que usava para evitar que seus joelhos se molhassem, desenrolou seu porta-ferramentas. Usando estacas e cordas e uma espátula, ele delineou o retângulo de um metro e oitenta por um metro e vinte em que cavaria, com margens largas o bastante para que pudesse se mover ao redor sem precisar encostar na lona.

Isolado pela neve, o solo não estava congelado, mas sim pegajoso, e escorregava pela ponta da espátula como manteiga endurecida. O progresso foi, como sempre, lento e metódico. Richard despejou cada porção de terra numa peneira e jogou para cima para ver se havia alguma coisa ali, qualquer indicação de que talvez estivesse chegando perto. Mas não havia nada.

Não que isso fizesse diferença. A experiência o havia ensinado a ser paciente. De todo modo, ele não estava com pressa de terminar.

Longe de casa, ele havia encontrado alguma paz. Ewan nunca o perturbava ali, no campo.

Ele trabalhou por uma hora e estava cavando mais fundo num dos cantos quando sentiu a espátula raspar uma superfície dura. Com os dedos, removeu cuidadosamente o barro e encontrou um pedaço de osso pélvico pequeno.

À medida que foi limpando um pedaço de solo após outro, o resto do esqueleto foi revelado. Era de uma delicadeza extraordinária, e ele se esforçou para não quebrar nenhum pedaço — especialmente o crânio, que tinha aparecido por último.

Era um gato, ele pensou — sua gata com pelagem de escama de tartaruga, Lolly, que havia fugido um ano atrás —, ou um coelho, ou um filhote de raposa. Mas então, examinando com mais atenção, teve a certeza de que era uma lebre. Provavelmente tinha sido capturada por um vira-lata do vilarejo ou por uma raposa do bosque. Apesar disso, quando aproximou a luz da carcaça, ela lhe pareceu em muito melhor estado do que estaria uma criatura morta por dentes afiados.

Para que os pelos, a pele, os músculos e a gordura tivessem se decomposto de forma tão limpa e para que o esqueleto tivesse sido preservado com tamanha perfeição, o animal devia ter morrido de causas naturais, e ficado deitado no campo por um bom tempo. Richard ficou tentando se lembrar se havia passado por alguma toca de coelho destruída. Não que a lebre tivesse efetivamente cavado um túnel, mas, se estava doente havia algum tempo, pode ser que tivesse

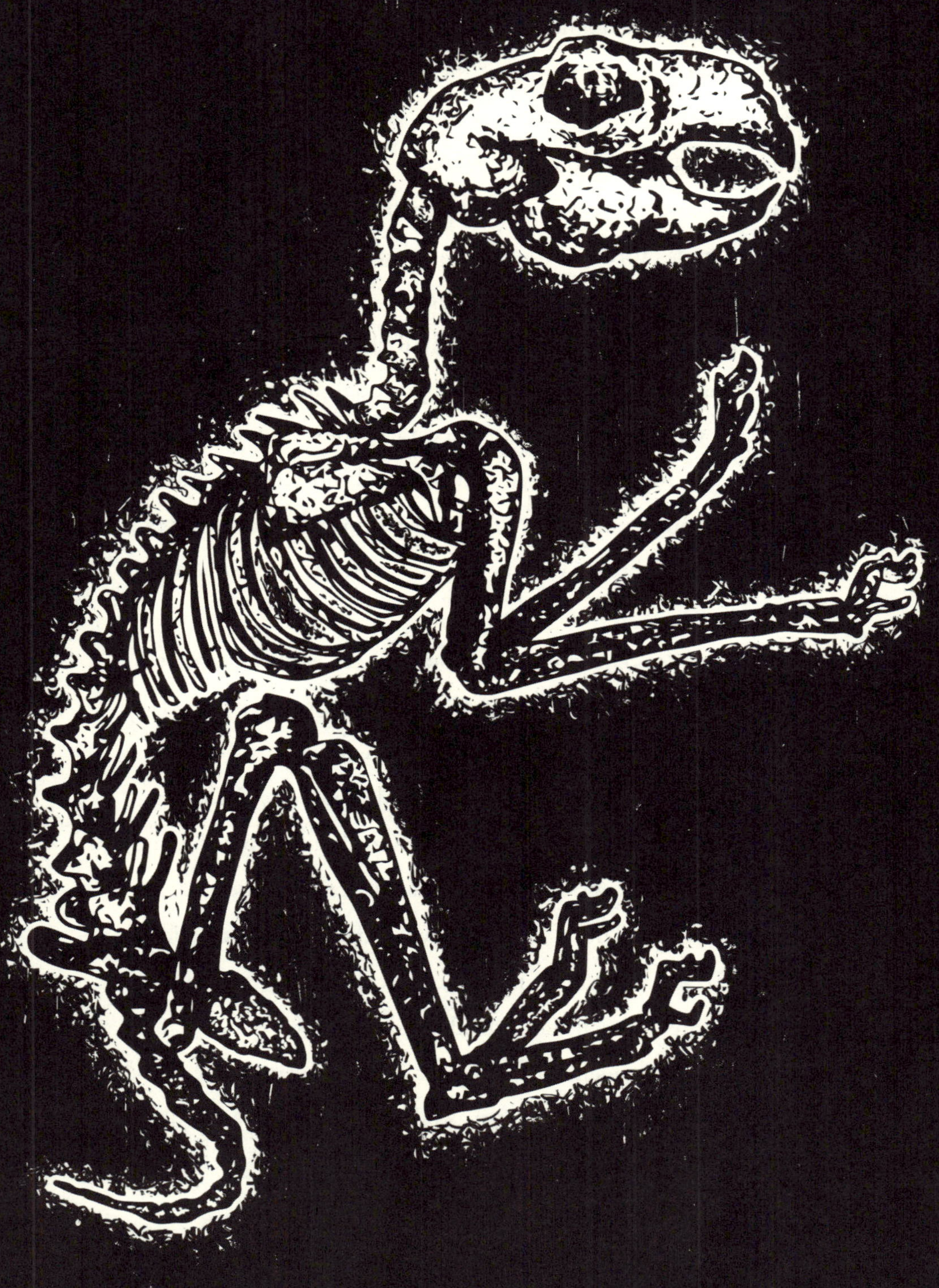

invadido alguma toca abandonada dentro da terra para morrer lá dentro. Ou isso, ou o animal havia sido enterrado aqui deliberadamente. Aquilo era o tipo de coisa que seu pai poderia ter feito nos seus últimos dias de loucura em Starve Acre. Talvez ele tivesse encontrado a lebre na estrada e resolvera enterrá-la, como fazia com qualquer criatura morta com a qual se deparava: aranhas, pássaros, ratos, ele dava a todos um enterro digno.

Seja lá como tivessem vindo parar aqui, Richard não podia deixar aqueles restos para serem vasculhados por qualquer criatura que fosse bisbilhotar, de modo que tirou o casaco, colocou-o no chão e começou a catar todos os ossos no buraco. Cada um deles se soltou totalmente do seu vizinho, e, em suas mãos, se mostraram mais fortes do que pareciam, robustos o bastante para serem levados para casa.

Como muito pouca gente passava por Starve Acre, era possível dizer pelo som do motor quem estava vindo antes mesmo que aparecesse. Havia diferenças sutis entre o trator dos Drewitt e o dos Burnsall; entre as sôfregas convulsões do caminhão de gado dos Westbury e os resmungos e estouros do Bedford de Gordon Lambwell. Um estranho não tinha escolha senão anunciar sua própria chegada.

Pouco antes de uma hora, Richard ouviu um carro desconhecido subindo a estrada, e então a irmã de Juliette, Harrie, apareceu em seu Austin verde-chá, seus faróis brilhando no escuro. Ela estacionou na rampa da garagem e ficou alguns instantes sentada dentro do carro, olhando para a casa e para as pilhas de neve. Ele sabia que ela estava se fazendo a mesma pergunta de sempre. Como Juliette veio parar num lugar desses? Isso era realmente o que ela queria?

Preparada para encarar o frio, ela saiu do carro, abotoou um casaco comprido de lã de ovelha e pegou sua mala. Com a outra mão, abriu uma das portas traseiras, e um cãozinho pequinês saltou para o cascalho congelante. Ela era uma criatura atrevida e, mesmo com o aviso de que não o fizesse, ergueu a pata e mijou no pneu. Quando a cadelinha terminou, Harrie prendeu sua coleira e a puxou até os degraus da entrada.

Richard esperou até que Harrie tivesse tocado a campainha uma terceira vez antes de abrir a porta para encontrá-la com a expressão azeda, tremendo de frio na varanda.

— Eu estava começando a achar que vocês não estavam em casa — disse ela, olhando para sua camisa e as calças encardidas enquanto limpava os pés no capacho.

— Não ouvi você, desculpe — disse Richard, e trouxe sua mala para dentro, deixando-a ao lado da escada para levar para cima mais tarde.

Juliette tinha dito para ela não vir, mas é claro que Harrie não deu a menor atenção e fez daquilo um compromisso. Ela ficaria por alguns dias, uma semana no máximo. Embora parecesse que havia trazido o suficiente para passar um mês.

— Eu disse que chegaria à uma — rebateu Harrie, por cima do som dos latidos do cachorro. — Juliette não falou?

— Acho que me distraí — respondeu Richard.

Ela não acreditou, e disse isso a ele, olhando-o bem nos olhos antes de tirar o cachecol.

Por baixo do casaco ela usava um conjunto de cardigã e suéter da mesma cor do carro. Sua blusa era de um verde modesto. Seus sapatos, presunçosamente práticos. Ela sempre parecera muito mais velha que Juliette, em grande parte porque já era veterana de um casamento — um breve relacionamento com um homem rico e violento chamado Rod, que a mandou para o hospital mais de uma vez. Em compensação, o casamento número dois era felizmente sereno e previsível. Ela e Graham tinham três filhos: dois gêmeos maravilhosos e uma garotinha chamada Shona, que era vestida como uma boneca e ganhava presentes caros que geralmente acabavam prendendo sua atenção por muito pouco tempo. Ela deve ter amado e afagado Cass, a pequinês, na manhã de Natal, mas no Ano-Novo o animal provavelmente já havia sido despachado para o quintal. Agora, Cass era responsabilidade de sua mãe.

A cadelinha latiu novamente, e Harrie a pegou.

— E aí, como ela está hoje? — disse, já resignada com a ideia de a irmã não ter melhorado.

— Está terminando de se arrumar — respondeu Richard. Ele tinha prazer em mentir para a cunhada.

— A essa hora? Você sabe que ela deveria ter se levantado muito mais cedo — disse Harrie, fechando os olhos enquanto o cão lambia a parte inferior de seu queixo.

— Ela não dorme bem. Fica cansada.

— Cansada? Como é que ela fica cansada se passa o dia inteiro na cama? Ela está letárgica. Tem uma diferença. Quando foi a última vez que ela saiu de casa?

— Segunda — disse Richard. Aquilo também era mentira. Juliette não saía há meses.

— Bom, isso é uma coisa que eu posso fazer. Levá-la para tomar bastante ar fresco. Quer dizer, foi por isso que vocês se mudaram para cá, não foi?

— Olha, não exija muito dela — disse Richard. — Ela não vai se comportar diferente só porque você veio.

— Não sei — disse Harrie, arrumando o cabelo no espelho. — Tenho a impressão de que, para Juliette, o que ela precisa é exatamente uma mudança.

— Você não vai conseguir convencê-la — insistiu Richard. — Ela está decidida a receber aqui essa tal de Sra. Forde.

Harrie claramente pensava diferente, e passou por ele em direção às escadas, com o cão debaixo do braço.

— Onde você está indo? — disse Richard.

— Ela já deve estar pronta — respondeu Harrie. — Foi o que você me disse, não foi? Que ela estava acordada e se arrumando?

— Eu vou. Deixe-me trazê-la aqui para baixo — disse Richard, e Harrie deu um passo para o lado com um sorriso, a primeira batalha que ela havia vencido.

Do lado de fora do que costumava ser o quarto de Ewan, Richard conseguia ouvir a respiração leve de Juliette. Ela evidentemente havia chorado até dormir, e ele entrou com cuidado.

De um quarto branco e neutro de bebê, o cômodo havia se transformado num altar para todas as coisas do universo de um menino à medida que Ewan foi crescendo. Carrinhos de corrida percorriam as paredes num friso que Richard havia passado um dia inteiro tentando nivelar, mas que mesmo assim não tinha ficado perfeito. Juliette havia decorado a parede perto do teto com a imagem de um dragão sorrindo e, no teto, as espirais de uma galáxia rodopiavam em volta do lustre. As estantes que Richard havia construído estavam cheias de livros sobre castelos e cavaleiros, cães obstinados e gigantes desmiolados. Debaixo da janela, ao lado da cadeira de balanço na qual Juliette dava o peito e a mamadeira a Ewan, os trilhos de um trem de madeira estavam dispostos num oito de curvas e pontes com uma pequena locomotiva vermelha à espera na estação.

Tudo estava como Ewan deixara. Nem sequer seus lençóis haviam sido trocados. Richard odiava entrar ali, e geralmente não entrava, preferindo se comunicar com Juliette do outro lado da porta, ou deixá-la completamente sozinha, caso ela tivesse sido tão agressiva quanto fora o caso aquela manhã.

Outro filho não seria um substituto. Ele não tinha dito aquilo de forma alguma. É claro que sentia a falta de Ewan. Como ela podia pensar que ele não sentia? O que ela precisava ver? Seu coração despedaçado numa bandeja?

Mas não era realmente sobre aquilo que eles estavam discutindo. Juliette estava furiosa simplesmente por ele ter feito a mesma pergunta mais uma vez:

— É isso mesmo que você quer? Que essa mulher venha aqui em casa?

— Você não precisa falar com tanto desprezo.

— Mas é isso que você quer?

— Mais do que qualquer outra coisa — respondeu ela.

Havia certa urgência em sua voz. Richard sabia que ela estava desesperada para não escorregar de volta para o lugar onde havia estado nas primeiras semanas após a morte de Ewan. Ela chegava a sentir dores físicas naquela época. Andava de um cômodo ao outro com incerteza, como se estivesse perdida dentro de casa. Com ele também havia sido assim. Todos os dias ele se sentia desorientado e com náuseas, estranhamente desconectado de tudo que estava acontecendo no mundo de quem não estava enlutado. Ele se pegou tremendo sem um motivo específico. Bebia muito e comia pouco. Não conseguia permanecer sentado. Seus sonhos eram brutais.

A nova fase demorou muito para chegar.

Meses se passaram desde o ocorrido, mas o tempo parecia abstrato demais para servir como uma barreira capaz de impedir um retorno àqueles sentimentos. Ainda assim, aquilo era problema dele. Essa tal Sra. Forde e seus amigos certamente não trariam a solução.

— E se nada acontecer quando ela vier? — disse ele. — Como você vai ficar?

— Você não precisa estar aqui — respondeu ela. — Na verdade, eu preferia que você não estivesse, já que está tão determinado a arruinar tudo para mim.

— Já combinei com Gordon que eu vou fazer o teste — Richard disse a ela. — Vou encontrar com ele hoje à noite. — Então, imaginando que ela ficaria furiosa por ele ter feito planos às suas costas, começou logo a se desculpar: — Achei que você gostaria disso, Juliette.

— Talvez eu gostasse, se você não estivesse me tratando como uma criança, Richard.

— Não posso me preocupar com você?

— Eu não quero que você esteja presente só porque acha que eu preciso de proteção.

— Mas você não sabe nada sobre essas pessoas.

— Eu conheço Gordon. Eu confio nele. Você não?

— Eu confio no cara, com certeza — respondeu Richard. — Mas não nas suas ideias.

— Então fique no seu escritório quando eles vierem.

— Eu não vou deixar você se encontrar com eles sozinha.

Ela sorriu com uma confiança discreta.

— Bom, enfim, acho que você não vai ter muita escolha. Você não vai passar no teste. Você é cético demais.

— Qual o problema em querer alguma prova?

— Isso é prova — disse ela, balançando seu caderno na frente dele. — Eu não sou louca, Richard, apesar do que você acha.

As páginas estavam repletas de listas elencando todos os momentos de contato que ela havia tido com Ewan desde o funeral. Listas que haviam se tornado muito mais curtas nas últimas semanas, lançando-a num desânimo ainda mais profundo. Torcendo para captar os mínimos traços da presença de Ewan que ela acreditava ainda estarem em seu quarto, ela usou a filmadora de Richard para fazer gravações todas as noites, e encheu o lugar de espelhos. Eles ficavam encostados no parapeito da janela e na cômoda, na mesa de cabeceira e nas paredes, de modo que, para qualquer lugar que Richard olhasse, um refletia o outro, e o quarto se estendia em direção ao infinito.

Às vezes, quando ela estava dormindo debaixo das cobertas, Richard era capaz de fingir que não havia nada de errado. Não parecia impossível que ela pudesse um dia acordar reestabelecida, sua mente tranquilizada pelo mero descanso. Mas ela dificilmente descansava de fato, não só porque seus sentidos estavam em alerta, mas por conta do lugar onde dormia. Desde que Ewan partira, ela havia passado todas as noites ali, num colchão que puxou de um dos outros quartos. Era dos seus tempos na faculdade de enfermagem, e o tecido estava tão puído que as molas começavam a aparecer. Tinha esfriado no quarto de Ewan e, durante a noite, ela havia pegado a colcha de retalhos que ficava jogada em cima da cadeira de balanço e a acrescentara às camadas de cobertas que estavam firmemente enroladas em seu corpo.

Ajoelhando-se, Richard pôs uma das mãos no ombro dela. Ela se retorceu e piscou, afastando-se de seu toque.

— Está tudo bem — disse ele. — Sou eu.

Ela deu uma olhada no quarto, procurando, como sempre, por Ewan.

— Harrie está aqui — continuou Richard.

— Já?

— É uma hora.

— Não posso vê-la agora — disse Juliette. — Diga a ela que estou cansada.

Ele ficou olhando os músculos franzinos em seu pescoço se mexerem por baixo de sua pele enquanto ela rolava para longe dele. Levando em conta tudo que havia acontecido, não era de se estranhar que ela tivesse perdido peso, mas, ultimamente, ele vinha achando que o osso de sua clavícula parecia ainda mais proeminente, e seu rosto, mais chupado. Se ele pudesse abraçá-la, sem dúvida nenhuma ficaria chocado com o quanto ela estava magra, mas já fazia meses que eles não compartilhavam uma cama. Tinha sido sugestão dele — se Juliette só conseguia descansar no quarto de Ewan, então que ela ficasse lá. Mesmo assim, ele passava a maioria das noites deitado em claro, na esperança de que talvez ela viesse se deitar ao seu lado. Ela nunca foi. Só o acordava quando achava que Ewan estava na casa.

— Pare de me olhar — disse ela, com o rosto no travesseiro. — Estou sentindo você olhando para mim.

— É melhor você se levantar — disse Richard. — Sabe como Harrie é. Ela vai vir tirar você à força daqui.

— E daí? — rebateu Juliette. — Deixa ela vir. Assim eu vou poder mandar ela à merda pessoalmente.

— Você diria isso a ela, né?

— Ela está perdendo o tempo dela — disse Juliette. — Eu não vou mudar de ideia. Já esperei tempo demais.

Richard desceu até a cozinha e, enquanto fazia chá e ouvia Harrie falar sobre Graham e as crianças, Juliette apareceu usando uma blusa preta de gola rulê e a calça jeans que ela usava um dia sim, no outro também.

Harrie largou seu cigarro no cinzeiro e se levantou para abraçá-la.

— Você emagreceu — disse ela, enquanto o cachorro que havia sido tirado de seus joelhos implorava por atenção.

— Por que você trouxe essa coisa? — disse Juliette.

Harrie pegou o animal no colo e sentou novamente.

— Todo mundo ia ignorar você lá em casa, não é? — disse ela. — Pobre Cass. Você não tem comido, Jules?

— Eu estou comendo — disse Juliette. — Não comece.

— Mas você está comendo o suficiente? — insistiu Harrie, examinando-a de cima a baixo. — Você está que é só pele e osso, menina.

Juliette sentou numa cadeira na outra ponta da mesa.

— Eu estou bem. Eu disse no telefone que você não precisava vir.

— Achei que você gostaria de ver alguém da família — disse Harrie. — Ou isso é muito ridículo?

— Eu consigo me cuidar sozinha — rebateu Juliette.

— Só que não é só você. E a mamãe e o papai?

— O que tem eles?

— Você não pode ficar dizendo para eles não virem, ou ignorando suas ligações. Não é justo. Odeio ter que precisar manter isso em segredo deles.

Desde o Natal, Juliette vinha encontrando várias maneiras de evitar que qualquer um a visitasse. Ela havia feito uma exceção apenas para a irmã, com a condição de que ela viesse até Starve Acre sozinha.

— Eles só tumultuam tudo — disse Juliette. — Não ajudam em nada.

— Mas você precisa ter pessoas por perto, Jules.

— Eu já tenho pessoas por perto. Pessoas que me entendem.

— Ah, é, foi o que eu ouvi dizer — disse Harrie, pegando o cigarro no cinzeiro.

— Como assim?

— Você continua determinada a trazer esses lunáticos para dentro da sua casa. E eu não estou entendendo por que você está me olhando desse jeito. Não faz muito tempo, você mesma os teria chamado de coisa pior.

— Bom, antes eu era tão ignorante quanto você está sendo agora.

— Você não acredita nessa besteirada toda, né, Richard? — disse Harrie.

— Juliette e eu já tivemos essa conversa — respondeu ele.

— E mesmo assim você vai deixar que ela os receba?

— Com licença — disse Juliette. — Ele não vai me deixar fazer coisa nenhuma. Eu não preciso da permissão de ninguém.

— Então escute este conselho — disse Harrie. — Diga para eles não virem. Essa não é a maneira de superar o que aconteceu com Ewan.

— Como se você soubesse, né?

Richard podia ver que Harrie estava prestes a perder a cabeça. Ela soltou a fumaça e bateu a cinza da ponta do cigarro.

— Olha — disse. — Não sou só eu. Mamãe e papai diriam a mesma coisa. Principalmente a mamãe. Você sabe o que ela pensa desse tipo de coisa.

— Que tipo de coisa?

— Tabuleiros Ouija e mesas girantes.

— Não é isso o que os Faróis fazem — respondeu Juliette. — Eles não são esse tipo de grupo.

— Os Faróis? — disse Harrie. — Jesus.

— Do que você está rindo? — questionou Juliette. — Você não sabe nada sobre eles.

— Eu sei que eles vão encher a sua cabeça com um monte de absurdos — disse Harrie. — E essa é a última coisa de que você precisa neste momento.

— Do que eu preciso, então?

— Voltar para o mundo real. Você não vai melhorar trancada em casa.

— Eu não estou fazendo isso.

— Por favor. Eu sei que não pôs os pés do lado de fora daquela porta desde a última vez que eu vim visitar você.

Juliette não disse nada. Harrie soltou o cachorro no chão e se aproximou.

— Olha, ninguém a está pressionando a voltar para o trabalho amanhã — continuou ela. — Mas você precisa sair desta casa. Não por muito tempo. Só caminhar um pouco por aí. Ver como você se sente.

— Eu saio de casa — disse Juliette.

Harrie balança a cabeça.

— Jules, você sabe que eu sempre fui capaz de saber quando você está mentindo.

A hierarquia se reafirmou, a beligerância de Juliette desapareceu e ela olhou para a irmã da mesma forma que devia olhar quando as duas eram crianças. A única coisa que podia fazer era implorar para que Harrie entendesse.

— Ele ainda está nesta casa, Harriet — disse. — Eu sei que está.

— Ah, Jules, qual é? — disse Harrie, largando o cigarro. — Qualquer coisa que você acha que viu ou ouviu não é real. Ewan está morto, querida.

Juliette então começou a chorar, e Harrie a abraçou, olhando para Richard como se estivesse lhe dando licença para que deixasse a mesa.

Ele levou a mala de Harrie para o quarto de hóspedes e depois voltou para o escritório, querendo se concentrar para examinar os ossos da lebre mais de perto. Mas a presença de Harrie na casa havia trazido Ewan de volta para o topo da pilha de seus pensamentos. Ele conseguia ver o menino sentado na frente da tia na mesa da cozinha, olhando para a cicatriz que Rod havia feito nela. Uma marca branca, de dez centímetros, da vez em que ele havia estilhaçado seu malar com o calcanhar. Ewan não fazia ideia de como aquele ferimento havia acontecido, mas, usando sua intuição infantil, aparentemente ele a havia associado com a concisão de Harrie. Para ele, ela carregava seu passado desagradável como um cheiro próprio, e ele sempre mantinha certa distância quando ela os visitava.

Uma vez, Richard o flagrou dando os últimos retoques num desenho de uma mulher muito gorda, vestida de marrom, com os olhos esbugalhados e dentes como os de um tubarão. Richard o repreendeu por aquilo porque era realmente necessário, e disse a ele para esconder o desenho embaixo de sua cama para que a tia Harriet não o visse. Ewan fez o que lhe foi dito, mas Richard não conseguiu entender se ele ficou envergonhado, furioso ou satisfeito com o que havia feito. Ele tinha milhares de expressões diferentes. Richard se lembrava de todas elas. E, mesmo assim, nunca se sentiu capaz de interpretar o garoto.

As lembranças de Ewan começaram a se aglomerar, aumentando de tamanho e volume, como naquela manhã. Após tentar sem sucesso se livrar desses pensamentos, Richard voltou sua atenção para as estantes e procurou o livro sobre anatomia dos mamíferos que ele se lembrava de ter visto algum tempo antes. Em algum lugar.

O escritório estava abarrotado de livros do pai. Richard havia começado a catalogá-los anos antes, e ainda estava nesse processo, algo que mais parecia uma tarefa hercúlea. Aquela bagunça continuava a assombrá-lo, e mais ainda a velocidade com que ela se formara.

Seu pai tinha tanto prazer em organizar sua biblioteca quanto em absorver seus conteúdos, e estabelecera a missão de classificar toda a sua coleção com tamanha especificidade que uma pessoa poderia lhe pedir para ler algo sobre o mais obscuro dos assuntos e ele seria capaz de localizar aquilo imediatamente. Naquela salinha, ele havia organizado todo o mundo físico e a história inteira, de maneira tão precisa quanto um documento oficial. E, mesmo assim, o que ele havia levado décadas para construir, tinha conseguido desmantelar em menos de uma semana. Antes que eles enfim o levassem para Brackenburn, ele havia removido cada livro de sua posição cuidadosamente calculada e os queimou no quintal dos fundos ou os guardou em algum lugar seguro.

Sua crescente sensação de desespero foi piorando até se transformar em paranoia, e ele desenvolveu uma fixação com a ideia de que alguém pretendia levar sua biblioteca embora — alguém que faria um uso nefasto dos conhecimentos ali contidos. "*Mea culpa, mea maxima culpa*", dizia ele, convicto de que a ordem na qual havia insistido seria a ruína do mundo. Com tudo categorizado de forma tão minuciosa, seria fácil para essa pessoa determinada realizar seus planos. Pelo bem da humanidade, segundo ele, tudo deveria ser destruído ou escondido. Ninguém foi capaz de convencê-lo do contrário e, quando a ambulância chegou, as prateleiras já haviam sido totalmente limpas, e seus conteúdos estavam misturados em dezenas de caixas de papelão.

Seria razoável alguém que não o conhecia imaginar que o pai de Richard havia sido um acadêmico, mas ele nunca colocara os pés numa universidade na vida. Durante trinta anos, trabalhou no jurídico de uma companhia de seguros em Sheffield, indo de atendente a gerente, e Richard ficava surpreso com o tanto de carinho que tinham por aquele homem irrequieto e reservado, cujos interesses se concentravam mais em coisas como rodas de água e xelins de Tudor do que em pessoas. Sempre que ele encontrava algum de seus colegas, tanto os da velha guarda quanto os novatos davam a impressão de que John Willoughby era algo entre um simpático técnico de futebol e um oficial graduado de quem se lembravam com carinho. Wilby, era como o chamavam.

Levando em conta que havia tido um desempenho bastante ruim no colégio, ele superou as expectativas da maioria das pessoas, e atribuía aquilo a ter focado mais no que podia aprender sozinho do que no que alguma outra pessoa poderia lhe ensinar.

Se as coisas tivessem sido como ele queria, Richard poderia muito bem ter sido ensinado em casa em vez de ir à escola. Mas a mãe de Richard, renegando sua fé socialista numa educação mais abrangente, o fez cursar o ensino fundamental na Bishop Harcourt e o médio em Newlands, onde ele morou até os dezoito anos.

Mesmo nos feriados, Richard raramente "voltava para casa" de fato. Passava os verões com os primos em Galway. Os Natais, na casa dos seus avós maternos, em Harrogate. Assim como estes locais, Starve Acre era um lugar que ele visitava, não onde vivia. Pertencia exclusivamente aos seus pais; era o palco da vida deles, não da sua. Até, claro, sua mãe falecer e ele herdar tudo.

Juliette tinha visitado Starve Acre algumas vezes ao longo dos anos, mas nunca havia pensado em como seria chamar aquele lugar de lar, mesmo sabendo que aquilo um dia seria deles. O fato de ela raramente falar sobre a casa dos pais de Richard era, para ele, um indício de que a esposa não tinha muito interesse nela. Aquilo não o surpreendia, na verdade. Sua mãe e seu pai tinham levado vidas quase que inteiramente separadas dentro daquelas paredes, o que conferia ao local um clima de infelicidade que seria difícil de ignorar até para o menos sensível dos visitantes.

Ainda assim, quando surgiu a oportunidade de se mudarem para lá, Juliette estava certa de que eles deviam fazer aquilo. Ela sempre havia odiado morar em Leeds. Para ela, o trânsito e o concreto produziam certo amargor que encontrava um jeito de se infiltrar em parte das pessoas. O ponto de ônibus estava sempre depredado, um vizinho da rua já havia perdido todo o dinheiro da pensão num assalto no metrô, e matérias sobre violência e crueldade ganhavam destaque no *Post* diariamente. Ela mesma via aquilo acontecendo com bastante frequência no trabalho. Depois que os pubs fechavam, a Emergência ficava sempre lotada. Estava convencida de que, mais cedo ou mais tarde, a cidade também os atingiria de alguma forma terrível.

— Nós não estamos querendo viver a melhor vida possível, Richard? — disse ela, quando ele riu de sua apreensão. — Será que não é mais fácil ter isso em Dales? Deve ser melhor para as crianças crescerem lá. Pense em todo aquele terreno que nós teríamos, para começar.

Ela imaginou que, baseado em sua própria experiência, Richard concordaria. Mas ele lhe disse que, como havia passado a infância no internato, tivera pouco interesse por aquele terreno coberto de barro e mato. O que ficava do outro lado da rua, em frente à sua casa, era apenas um cenário de fundo para ele. Seu pai era o único que ia até lá, para levar o cachorro para passear ou escavar o chão procurando por moedas antigas.

— Tem um monte de casas por aí — argumentou Richard. — Por que tem que ser Starve Acre?

— Porque ela caiu no nosso colo — disse Juliette. — Você não acha que é nosso destino ir para lá?

Quando eles dirigiram até lá, alguns dias depois da cremação de sua mãe, para tentar reunir os documentos necessários para fazer a procuração, Richard estava torcendo para que o clima horrível daquela manhã mostrasse a casa e sua localização erma da forma mais honesta possível, e que as falácias românticas que Juliette ainda nutrisse sobre viver lá fossem dissipadas rapidamente.

Mas assim que saíram de Leeds, as nuvens deram lugar a um sol pleno que tingia as sombras das árvores nos campos e deixava os riachos nos vales com uma coloração azul translúcida. Em Stythwaite, a rua principal estava tomada de pessoas decorando os postes de luz e pendurando bandeirolas para a festa da primavera. Juliette, ele sabia, imaginava como seria estar envolvida naquela divertida atividade cívica, ser um dos membros do comitê armando as mesas ou uma das responsáveis por varrer as vias do cemitério.

Eles passaram pelo Cannon's, o mercadinho, e contornaram o prado que margeava o vilarejo, a grama já bem densa e verde. Abril se despejava no seu para-brisa, e, enquanto seguiam em direção à estrada de cima, Juliette abriu sua janela, deixando que o ar entrasse, trazendo o cheiro da terra e das folhas e a gritaria impiedosa dos pardais nos arbustos. Numa curva, perto de alguns pinheiros, eles depararam com um grupo de crianças — as filhas dos Burnsall e dois pequenos Drewitt levando um pônei até o vilarejo —, e Juliette virou-se para Richard como quem diz: viu só? Aqueles ali poderiam ser Willoughbys.

Outra curva, uma ladeira mais inclinada e, depois disso, a estrada ficou plana e Starve Acre entrou no campo de visão deles, com seus três andares construídos com pedras pesadas, as janelas fechadas, a porta da frente num preto pragmático. Visto dessa forma, Richard sempre achava que aquele era um lugar feio. Um lugar para se olhar de dentro de um carro em movimento e deixar desaparecer no espelho retrovisor pensando nas pobres almas que moravam lá. À beira do urzal, a casa era como um farol — uma presença marcante e solitária. E agora que a mãe de Richard havia falecido, era como se os últimos resquícios de vida ali tivessem se dissolvido.

Para Juliette, no entanto, o senso de ausência fazia aquela casa parecer nova, e ela ficou parada no corredor absorvendo a luz e o espaço como se não os houvesse percebido até então.

Conforme eles iam de um cômodo a outro tentando encontrar registros bancários, apólices de seguro, contas de gás e comprovantes de hipoteca, Richard percebeu que Juliette estava tentando conter a empolgação em relação a seus planos. A mãe dele tinha acabado de falecer, e ela não queria parecer mercenária. Mas era claro que ela já estava preenchendo a casa com seus móveis, e sua decoração, e seus filhos.

Ela o persuadiu de forma sutil, porém persistente, nas semanas seguintes, e estava tão certa de que eles transfeririam suas vidas para Starve Acre que Richard não conseguiu deixar de imaginar como seria seu futuro naquela casa onde todos os ambientes tinham um pé-direito tão elevado. Ele descobriu que se pensasse nela daquela forma, como uma casa, simplesmente, e não a antiga casa de seus pais, a ideia de que fossem morar lá ficava menos estranha.

Ele imaginou a sala de estar. Uma noite de inverno. Uma lareira. Lá fora, o silêncio: quilômetros disso. Ele imaginou a cozinha com sua pia Belfast e suas prateleiras suspensas de madeira, e viu uma dúzia dos seus amigos reunidos em volta da mesa, rindo e conversando enquanto Juliette destrinchava uma peça de carne. No primeiro andar, viu a si mesmo batendo à máquina no que um dia fora o escritório de seu pai, e os três quartos do outro lado só esperando para serem ocupados por pequenos Willoughbys. Na parte de cima da casa, o quarto que seus pais usavam como depósito se transformava, naquela visão, no lugar em que ele e Juliette dormiriam. No mezanino ficaria o quarto do bebê, onde ele colocaria um berço de madeira e ficaria olhando para o seu primeiro filho, um menino, dormir enrolado num cobertor, seu peito subindo e descendo, suas mãos fechadas em punhos gordinhos, um de cada lado da cabeça.

Eles se mudaram no começo de agosto, quando Juliette finalmente conseguiu uma folga do hospital, e se estabeleceram antes que as demandas do novo semestre ficassem pesadas demais para Richard. Sempre melhor na parte de logística, Juliette sugeriu que eles se concentrassem em um cômodo de cada vez, então passavam seus dias retirando sistematicamente as coisas dos pais de Richard e enfiando, aos resmungos, as coisas deles no lugar. Quando ficavam com fome, cozinhavam. Quando não tinham mais forças para carregar nada ou se descobriam sem vontade de abrir outra caixa, iam para a cama e desfrutavam um do outro sonolentamente, do alto de seu castelo, antes de adormecerem. Então, na manhã seguinte, Juliette levantava bem cedo para arrancar o antigo papel de parede ou instalar uma nova lâmpada ou sentar de pernas cruzadas na frente do fogão, tentando desvendar os mistérios de seus canos e válvulas.

Era contagiante estar com alguém que tinha tanta certeza sobre o que queria. Para Juliette, problemas eram bem-vindos, porque resolvê-los era uma maneira de descartar o antigo e substituí-lo pelo novo. Qualquer dificuldade que surgia era apenas um novo marco no processo de tornar Starve Acre algo dos dois. Ao mesmo tempo, ela nunca se deixou levar por aquilo a ponto de ficar impaciente. Ela sabia que aquele lugar só se tornaria deles aos poucos.

Mesmo assim, suas coisas ocuparam tão pouco espaço que, para Richard, a casa parecia maior e mais fria do que jamais havia sido. O sofá deles ficava perdido no meio da sala de estar. Todos os seus pratos e tigelas couberam em apenas um dos armários. Eles não tinham fotos suficientes para preencher o parapeito inteiro de uma janela, e embora tivessem pendurado todos os seus quadros, os cômodos da casa ainda tinham um aspecto cavernoso, especialmente a cozinha, onde o relógio parecia contar a passagem do tempo duas vezes. Era difícil não pensar em si próprio como um intruso aqui; uma sensação que se intensificava toda vez que ele entrava no escritório, e ficava claro que, se algum dia ele quisesse considerar Starve Acre seu lar, teria de encarar a bagunça sem fim que seu pai havia deixado para trás.

Não tinha nenhum interesse em restituir à biblioteca seu formato original, mas achava que deveria haver algum tipo de ordem naquilo tudo, nem que fosse apenas para saber com clareza o que havia ali. Assim, sempre que tinha uma hora livre, ele trabalhava na *Magna Congestus* (como ficou conhecida), continuando de onde havia parado, abrindo mais uma caixa e organizando os livros. Era um processo tedioso, mas, por outro lado, ele se deparava com certas coisas que nem sabia que seu pai possuía, como as xilogravuras do Carvalho de Stythwaite.

Foi por puro acaso que ele as encontrou, dentro de um volume pesado sobre o império mongol. Eram gravuras pequenas, do começo do século XVII, ele achava, por conta da composição. Provavelmente de antes da Guerra Civil. Eram originais, também, a julgar pelo papel. A obra não chegava aos pés de um Holbein ou um Dürer, porém estava muito acima da média. Qualquer defeito na impressão tinha mais a ver com a baixa qualidade do material usado para produzir a base para a gravura do que com a falta de habilidade do artista. Sem poder se dar ao luxo de usar alguma madeira nobre nesta parte do mundo, ele certamente havia usado pedaços do próprio carvalho morto, e era possível ver onde seu buril havia escorregado e seguido os sulcos da árvore.

As bordas das gravuras estavam rasgadas ou repletas de furos de agulhas, o que significava que provavelmente pertenciam a uma série maior, e Richard suspeitava que a coisa toda havia sido separada em fragmentos durante a reorganização delirante de seu pai, e que haveria mais folhas perdidas em algum lugar do escritório.

As quatro cenas que ele havia encontrado até agora correspondiam às quatro estações, e eram uma espécie de introdução às variações na aparência da árvore e à forma como a comunidade usufruía dela ao longo do ano.

Em *Primavera*, um jovem casal namorava debaixo dos galhos carregados de brotos. Na seguinte, crianças dançavam num círculo ao redor do tronco, e depois, em *Outono*, elas estavam de volta, colhendo frutos e lenha.

Na última imagem, na qual a árvore era um labirinto de galhos sem folhas, um homem levava em uma das mãos um laço de corda e subia numa escada encostada ao tronco, onde estava escrito *Velho Justiceiro*.

Richard ficou olhando pela janela o branco que delineava os contornos do vale. Ele daria tudo para ter visto o Carvalho de Stythwaite numa noite de inverno como esta; a sombra de sua enorme cabeça de galhos espalhada pela neve, um colosso secular que teria — pelo que dizem — testemunhado o comando de dezesseis reis e rainhas, dos Plantageneta aos Stuart. Se tudo aquilo fosse mesmo verdade e a árvore tivesse vivido mais um pouco, talvez tivesse ficado tão famosa quanto o Teixo de Selborne ou o Sicômoro de Tolpuddle, mas nenhum registro sobre ela havia sobrevivido, exceto pelas xilogravuras e meia dúzia de histórias que, naturalmente, contradiziam umas às outras. O único ponto em que todas concordavam era que a árvore havia perecido inesperadamente. Em todo caso, parecia evidente para Richard que ela havia sofrido algum tipo de infestação fúngica ou fora atingida por um raio. Aquilo ao menos reforçaria a teoria de Gordon sobre a ruína da árvore ter sido um castigo às pessoas por terem submetido uma criatura de Deus a um propósito tão brutal.

— Você está ciente de que eles usavam essa árvore para enforcamentos, certo, Richard?

— Sim, Gordon.

— É por isso que nada cresce naquele seu campo.

— Sim, Gordon.

— Não tem sequer um centímetro do solo que ainda esteja vivo.

Segundo o folclore que circulava na região, a represália divina não tinha se resumido à árvore; se espalhara pelo chão numa onda venenosa que escureceu a grama, infiltrando-se no solo, sufocando toda a vida que havia ali.

O tempo, inevitavelmente, havia amplificado muito as lendas acerca de Starve Acre, mas, mesmo assim, aquele terreno ainda era inegavelmente estéril — o que era mais perceptível no verão, quando os campos que pertenciam aos Burnsall, aos Drewitt e aos Westbury estavam verdejando por todo o vale, e o terreno dos Willoughby não passava de uma porção de barro seco.

Em todas as escavações que fez, Richard jamais havia se deparado com uma única minhoca ou aranha. Somente com ossos.

Seu casaco ainda estava sobre a escrivaninha, onde ele o deixara, com os braços dobrados e o capuz e a bainha enfiados para dentro. Quando ele o desenrolou, a carcaça da lebre estava uma bagunça, mas o livro de diagramas anatômicos que estava procurando o ajudaria a reorganizar os pedaços. Ele acabou o encontrando entre uma biografia de Nicolas Flamel e *Os Mistérios de Ísis e Osíris*, de Plutarco. O livro estava surrado, com as costuras soltas e a capa empelotada nos cantos. As ilustrações de vários esqueletos permaneciam imaculadas, no entanto, graças a folhas de papel de seda, e, entre leão e leopardo, ele encontrou a lebre.

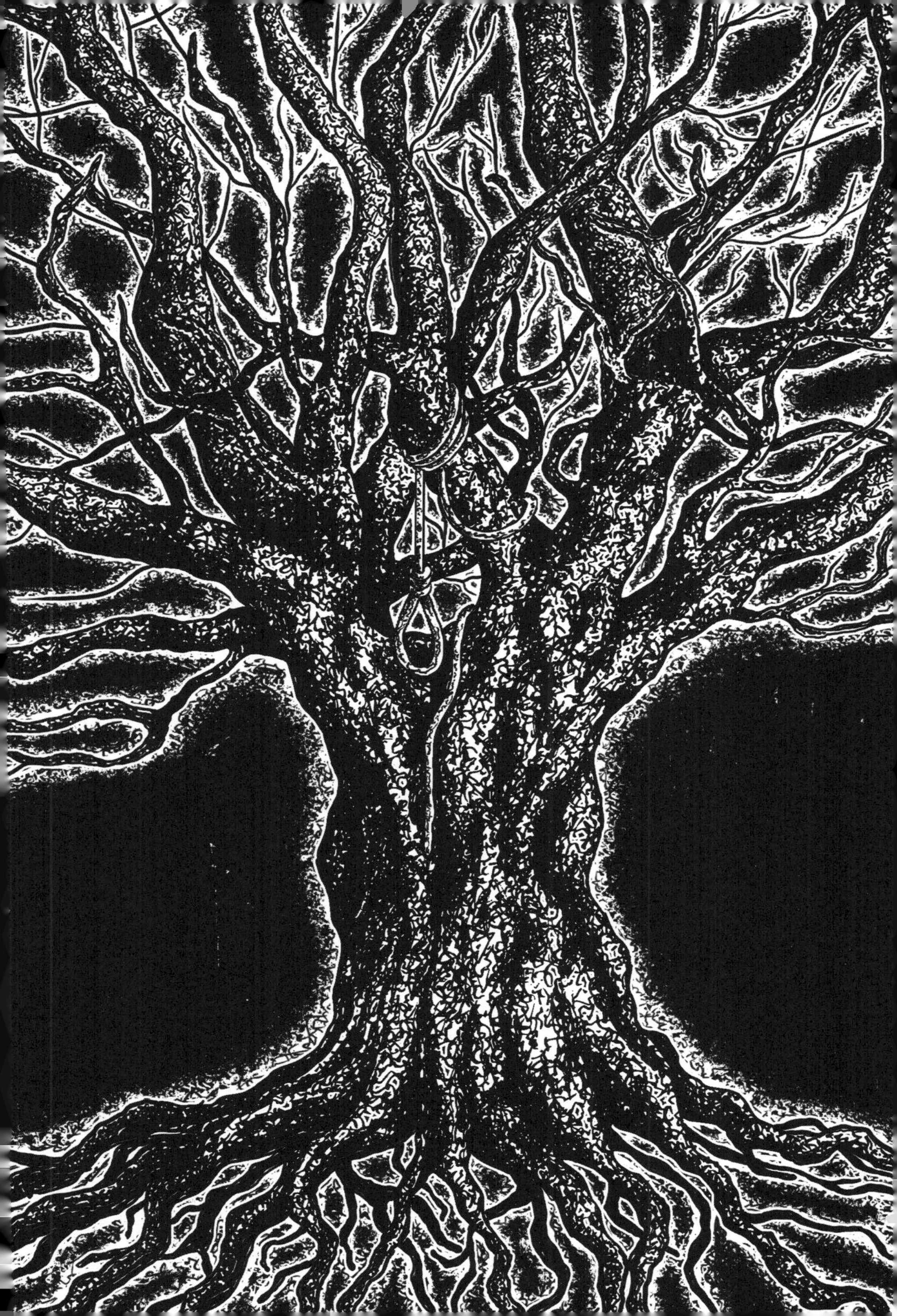

À luz da luminária de mesa, ele limpou os ossos usando cotonetes e água morna, e descobriu que, sob a sujeira, eles não estavam tingidos do marrom putrefato que esperava de algo retirado do chão, mas clareados, como se tivessem ficado sob um sol de deserto.

Pegou o crânio e o colocou na palma da mão. Seu peso era praticamente insignificante, como a casca de um ovo ou uma bolinha de papel. Era um objeto lindo. A cavidade do cérebro intrincadamente emaranhada; as passagens nasais formadas por uma rede de filamentos de osso da espessura de fios de cabelo. Os dois pares de incisivos ainda estavam intactos, brancos e afiados como lanças de giz, e os molares seguiam solidamente presos à mandíbula. Mas o que dominou sua atenção foram as cavidades oculares. Pareciam muito largas, muito profundas, como se aquele fosse o crânio de um pássaro de grande porte.

Usando uma pinça, ele foi pegando cada vértebra, e as separou por formato e tamanho dentro de uma caixa de papelão. Peça por peça, foi reconstruindo a lebre exatamente como mostrava o livro, exatamente como ele a havia encontrado no campo. Muito embora disposta ali, no escritório, ela parecesse muito maior.

A partir da base do crânio, os ossos iam se arqueando e engrossando em direção à região lombar, antes de se afinarem próximo à cauda, que se curvava como a ponta de um chicote. As omoplatas eram afiadas e translúcidas. As costelas formavam uma gaiola robusta. Mas eram as patas traseiras que mais o fascinavam — a maneira como a velocidade e os saltos ainda pareciam prestes a sair daquelas juntas. Em vida, aquele devia ter sido um animal magnífico. Ewan teria ficado deslumbrado com ele.

Ele vinha bastante ao escritório quando Richard estava trabalhando. Na verdade, ele entrava de mansinho, e talvez se passassem uns bons dez minutos até que o menino fizesse com que sua presença fosse notada. Então, vestido de feiticeiro ou bombeiro ou príncipe, ele se sentava em silêncio nos joelhos de Richard e ficava folheando livros ilustrados; ou pedia para colocar uma folha de papel na máquina de escrever e ficava martelando as teclas, fascinado pelo barulho e pela magia dos mecanismos. Aquele era Ewan, e não o que as outras pessoas diziam dele. Ele não era perverso ou cruel. Havia motivos para o que acontecera com Susan Drewitt na escola. Richard esperava que todos fossem capazes de enxergar isso agora, e lembrassem de Ewan com compaixão, levando em conta que ele havia falecido, mas os julgamentos sobre as pessoas tinham a tendência de se cristalizarem no vilarejo por períodos bastante consideráveis de tempo.

Richard havia aprendido com seu pai, muito tempo antes, que a opinião de Stythwaite não valia nada. Certamente não era algo que você deveria perder seu tempo combatendo. Se fosse deixada quieta, sem que ninguém a alimentasse com preocupações, ela devoraria a si própria como um *ouroboros* e acabaria morrendo. Bom, para seu pai era fácil dizer uma coisa dessas; ele não tinha enviado o filho para estudar na escola do vilarejo, e podia ser tão indiferente quanto quisesse a respeito do que as pessoas pensavam dele. Além do mais, ele tinha se mudado para o vale para ficar longe das pessoas, para colocar diversos quilômetros entre ele e seus vizinhos mais próximos. Era a mãe de Richard quem se esforçava ao máximo para conquistar os habitantes do vilarejo.

Quando eles moraram em Sheffield, ela tinha sido presidente de um comitê de ajuda aos necessitados que buscava aliviar o sofrimento de pessoas que haviam perdido suas casas nos bombardeios nazistas. Aquela função a manteve ocupada por um bom tempo, e já haviam se passado quase dez anos após o fim da guerra quando ela e o pai de Richard finalmente se mudaram para o Vale de Croften. Mas ela não se deparou com menos penúria por lá. Embora as necessidades tivessem uma dimensão naturalmente menor ali, no interior do país, seus irmãos e irmãs do proletariado ainda sofriam o fardo da miséria, especialmente os idosos. Dia sim, dia não ela saía pedalando de Starve Acre para visitar viúvas solitárias ou cavalheiros ofegantes que sofriam de gota, de repente incapazes de continuar trabalhando em qualquer atividade rural extenuante. Ela cozinhava, limpava, elaborava listas de compras e, aos fins de semana, dirigia o Ford Anglia até o Cannon's e comprava os produtos de que eles mais precisavam.

Num desses sábados, quando sua mãe voltava dirigindo de Stythwaite, o cachorro dos Somerton soltou-se da coleira e, após ser enxotado do pátio da igreja, atravessou correndo a rua e foi parar debaixo das rodas do carro. Ao ouvir o barulho, os moradores correram para fora de suas casas, e os bêbados da tarde saíram do pub. O padre ligou para o policial de Lastingly e o vilarejo inteiro manteve a mãe de Richard ali na rua até a chegada da autoridade. Os Somerton, em particular, insistiam para que ela fosse indiciada por algum crime, mas o policial não precisou de muito incentivo para intimar a Sra. Willoughby a comparecer à delegacia em Skipton na segunda-feira, e levando seus documentos. E então veio a frase que ela levaria muito a sério por anos a fio.

— Não sei como você dirige na cidade grande, querida, mas diminua a velocidade quando passar por aqui — disse ele. — Pode não ser um cachorro da próxima vez. Pode ser uma criança. Você não gostaria que algum idiota tirasse a vida do seu filho, não é? Pense nisso quando sentar atrás desse volante.

Que coisa para se dizer. Ele não percebeu que ela estava grávida?

— Skipton, segunda-feira, de manhã bem cedo — reforçou o policial, e depois, sem encontrar ninguém disposto a retirar o cão de baixo do carro, ele mesmo o pegou pelas patas traseiras e o arrastou até o meio-fio.

Tudo isso havia acontecido no misterioso mundo que precedeu o nascimento de Richard, onde estavam consolidadas as raízes de todos os hábitos e decisões insondáveis de seus pais. À medida que ele crescia, a história sobre o cachorro dos Somerton ajudava a explicar algumas de suas falhas, mas, ainda assim, deixava as perguntas mais importantes sem resposta. Aquele vira-lata era apenas um entre dezenas que perambulavam pelo vilarejo. Teria sua mãe ficado realmente tão envergonhada por matá-lo que não conseguia mais encarar ninguém em Stythwaite? Havia tanta hostilidade contra os

Willoughby a ponto de Richard precisar ter sido enviado para um internato a quilômetros dali? Aquilo parecia improvável. Para uma criança, no entanto, era difícil saber o que pensar.

Ninguém jamais conversou com ele sobre o incidente, é claro. Até mesmo Audrey Cannon, a especialista em fofocas do mercado, mantinha a boca bem fechada quando o assunto era Edith Willoughby. Ela tinha boas intenções, querido, foi o máximo que deixou escapar.

Ela tinha boas intenções. O que queria dizer que ela se esforçava demais. O que queria dizer que sua benevolência era vista como interferência. Eles não queriam seus sorrisos, suas xícaras de chá ou seus bolos caseiros. Eles não queriam a sua atenção, nem alugar seus ouvidos. Nem uma caminhada pelo vilarejo ou mais um capítulo de *Os Filantropos Esfarrapados* ou *Judas, o Obscuro*.

Richard imaginava que, no começo, eles a toleravam, da mesma forma que alguém se prepara para uma tempestade, mas, depois de algum tempo, começaram a falar entre si — no King's Head, o pub, ou depois da missa, onde ele visualizava o altruísmo de sua mãe sendo repartido e compartilhado como se fosse uma hóstia. A indignação coletiva deles não tinha nada a ver com um cachorro morto. Sua mãe havia apenas constrangido a todos. Nunca havia ocorrido aos moradores do vilarejo que eles precisavam de caridade, ou que deveriam praticá-la uns com os outros.

Ele falou muito pouco sobre todas essas coisas para Juliette. Assim como a mãe dele, ela tinha ido até lá para viver junto com outras pessoas, e não como uma pária. E ainda que fosse óbvio que ela teria dificuldades em ser acolhida como igual, Richard a encorajou de todas as formas possíveis a participar do Comitê da Festa da Primavera ou da Associação de Pais e Mestres. Eles foram civilizados com ela, não exatamente amigáveis, embora Juliette aparentemente acreditasse que aquilo mudaria com o tempo se vissem que ela estava levando a sério a ideia de fazer parte do vilarejo.

Mas depois do que Ewan tinha feito com Susan Drewitt na escola, ele temia que todos os esforços que ela fizera não serviriam para nada, e que as pessoas seguiriam pensando nos Willoughby da mesma forma de sempre.

Aquilo o deixou mais furioso do que ele esperava, e Richard suspeitava que parte do sentimento havia brotado durante a reunião com a professora de Ewan. Essa raiva não era causada por uma negação dos fatos — Ewan havia machucado a menina de propósito, e admitiu ter segurado seus dedos no batente da porta antes de fechá-la —, mas pela situação em si. Aquilo faria uma nuvem pairar sobre a certeza de Juliette (e, portanto, também sua) de que eles haviam tomado a decisão certa ao se mudarem para cá, e o menino ficaria marcado com uma reputação de que não precisava.

Apesar disso, naquele momento, Juliette não estava preocupada com notoriedade. Ela queria apenas entender por que Ewan tinha feito aquilo. Ele nunca havia sido violento antes. Nem uma vez sequer. Ele era um menino de prazeres simples. Durante todo aquele verão, antes de começarem as aulas, ele se contentara em olhar para os pássaros no quintal dos fundos e empinar sua pipa no urzal.

Em outros dias ele explorava o campo, cavando que nem seu papai, tentando encontrar um tesouro. Não havia o menor sinal de que ele mudaria de maneira tão repentina.

O fato de seu ataque à filha dos Drewitt ter sido tão aleatório e atípico só dificultou sua aceitação por parte de Juliette. Ela culpou a si mesma. As lições que pensou ter ensinado a ele sobre amizade e gentileza tinham sido obviamente inadequadas.

Mas, como Richard lhe explicou, fazia poucas semanas que Ewan estava na Holy Cross quando aquilo aconteceu: talvez ele só estivesse descontando em outra pessoa sua tensão por estar começando numa nova escola. Era necessário ressaltar, também, que a Srta. Clarke era jovem e inexperiente, ainda incapaz de perceber as nuances no comportamento das crianças, incrivelmente amplas na sua visão. Ela havia pintado Ewan como o agressor e Susan como a vítima inocente, mas quem sabia, de verdade, se qualquer um dos dois rótulos era inteiramente preciso?

E talvez uma professora veterana pudesse ter percebido que aquilo não passava de frustração reprimida transbordando. Ewan sempre esteve um passo atrás dos demais. Não tinha muita facilidade com números, nem para reconhecer as letras, e nunca parecia acompanhar o ritmo direito. Mas, como todos gostavam de tranquilizar Richard e Juliette, com grande autoridade, ele era assim apenas porque havia sido prematuro. Logo ele alcançaria os outros. Havia tempo suficiente para isso. As crianças tinham tanto tempo pela frente que poderiam jogar fora e desperdiçar o quanto quisessem. Para elas, tudo aconteceria naturalmente, em um grande encadeamento de todas as coisas que ainda estavam por vir. Porém, isso não era verdade. Não para Ewan.

Richard trabalhou no escritório até o sol se pôr. Harrie preparou um banho para Juliette e então desceu para cozinhar. Um tempo depois, quando a água escoava pelo ralo, Richard a ouviu chamar.

— Jules, tem comida na mesa quando você estiver pronta — disse Harrie.

— Não quero comer nada — respondeu Juliette.

— Bom, venha sentar com a gente mesmo assim.

— Eu já falei — disse Juliette, saindo do banheiro. — Não estou com fome.

— Deve estar. Vem aqui e come só um pouquinho.

— São quase sete — disse Juliette, e Richard a ouviu subir para o segundo andar.

— Espera aí. Eu estou falando com você — chamou Harrie. — Não ouse voltar para a merda daquele quarto.

Ela foi atrás de Juliette, gritando com ela, obrigando-a a comer, mas Richard sabia que costumava ser em vão. Sete horas costumava ser o horário de Ewan ir para a cama e, desde a sua morte, aquela era a hora do dia em que Juliette mais sentia a sua presença. Nada seria capaz de impedi-la de estar no quarto do filho quando o relógio batesse sete vezes.

Percebendo que suas ordens estavam sendo ignoradas, Harrie baixou o tom.

— Por que você não dorme comigo hoje? Você podia pegar o colchão e colocar do lado da cama, como fazia antes.

— Nós não somos mais crianças, Harriet — respondeu Juliette.

— Seria uma oportunidade para a gente conversar.

— Eu não quero conversar.

— Não precisa ser sobre Ewan. Nós podemos falar sobre qualquer coisa. Faz meses que não nos vemos.

A resposta de Juliette foi fechar a porta do quarto de Ewan com força, e Harrie passou mais uns bons minutos batendo e tentando negociar com ela até finalmente desistir e descer as escadas de volta. Richard não conseguiu deixar de sentir certo grau de satisfação com a sua derrota. Era bem do feitio dela achar que poderia entrar naquela casa e mudar tudo num estalar de dedos. E que, caso não conseguisse, seria apenas por que Juliette estava sendo deliberadamente teimosa.

— Quer dizer, será que ela realmente quer melhorar? — disse ela, interrogando Richard enquanto ele vestia o casaco e o cachecol no corredor. — Eu não consigo entender por que ela está resistindo tanto. O que ela quer?

— Você está perguntando à pessoa errada — respondeu ele, feliz por ter uma desculpa para sair dali e ir até a casa de Gordon.

Os limpadores de para-brisa removeram lascas grossas de neve da janela e Richard deixou a rampa da garagem, entrando na estrada para seguir Teddy Burnsall enquanto ele ia limpando a pista.

Apesar das piores consequências do clima estarem sendo varridas para os lados pelas lâminas do limpador de neve, ainda havia trechos congelados nos quais os pneus do carro patinavam antes de retomar a tração no asfalto.

Richard dirigiu tenso e nervoso até o vilarejo, e ficou feliz quando finalmente avistou a torre da igreja. Suas portas estavam abertas, e as luzes, acesas. Era a noite da prática dos tocadores de sino. O último deles, atrasado e com pressa, acenou para Teddy quando ele virou na esquina do cemitério, seguindo na direção de sua fazenda. Todos no vilarejo aparentemente o consideravam um homem bom, e tinham ficado escandalizados em seu lugar depois do que Ewan tinha feito ao seu cavalo na Festa da Primavera no ano passado.

O menino, entretanto, havia sido provocado, e aquilo sempre exacerbava suas dificuldades. As filhas dos Burnsall também deveriam assumir parte da culpa.

Após atravessar a ponte, Richard pegou a rua principal — as cortinas das casas todas abertas, as janelas do King's Head embaçadas e, ao longe, o último poste de luz iluminava a casa de Gordon, que, no escuro, sempre parecia muito mais distante.

Quando a luz dos faróis atingiu os leões de pedra, Richard manobrou por entre os pilares do portão e seguiu o caminho de terra batida que levava à casa. Assim que estacionou, dois São Bernardos apareceram, mantendo-o no carro até Gordon surgir para enxotá-los, e então desapareceram nos fundos da casa.

— Cachorro é um negócio terrível, não é? — disse ele, enquanto Richard subia as escadas. — Se dependesse de mim, já teria atirado nos dois. Se você andar rápido, o chá ainda vai estar quente.

Ele deixou Richard sacudindo a neve de seus sapatos e gritou da sala:

— Parabéns, ainda está bebível. E, Richard, vê se não deixa essa gata de merda entrar. Ela vem se comportando como uma tirana ultimamente. Eu falei para ela que os nossos móveis são todos artesanais, mas ela olha bem para minha cara e continua arranhando tudo.

A gata persa cinzenta olhou Richard de cima a baixo no corredor e saiu correndo em direção às estantes abarrotadas de tralha antes que pudesse ser pega.

Cada vez que Richard visitava Gordon, ficava mais perceptível o quanto a função doméstica de cada cômodo da sua casa estava rapidamente sendo substituída pela comercial. Coisas que ele pretendia vender se amontoavam por todos os cantos. A sala de estar tinha relógios demais, rádios demais, televisões demais, quadros demais. Aquilo fazia Richard se lembrar das exposições na Royal Academy, onde os quadros ficavam empilhados do chão ao teto.

Gordon indicou a ele uma das poltronas que ficavam perto da lareira a gás, espanando com veemência o assento de veludo para tirar os pelos de gato.

— Perdão — disse ele. — Eu pedi para Russel tosar a desgraçada, mas ele não quis, é claro, por causa da última vez. Ela vira um verdadeiro demônio quando você tenta segurá-la. Aqui entre nós e essas quatro paredes, eu só estou esperando uma oportunidade para afogar aquela bostinha na banheira. Aí está.

Depois de colocar a assento de volta no lugar, ele alisou a poltrona e sorriu. À medida que foi envelhecendo, seu nariz e seus lábios ficaram mais carnudos, e ele começou a ostentar mais do que uma leve semelhança com Dylan Thomas. Ele se vestia como Thomas também, de terno e gravata borboleta, exalando um cheiro forte de cravo de sua loção pós-barba.

Ao se sentar, ele segurou as mãos de Richard e as virou para cima. As linhas em suas palmas estavam escuras de terra.

— Então você continua cavando? — disse ele.

— Continuo cavando e continuo vivo.

Gordon franziu a testa para aquela gracinha.

— Apareceu alguma coisa?

— Ainda não — respondeu Richard, decidindo que era melhor não contar sobre o esqueleto de lebre.

— Você está vasculhando aquele lugar há meses — disse Gordon. — E não encontrou nada? Não acredito.

— Não é assim tão incomum, isso eu posso dizer.

Gordon serviu o chá.

— Em que momento você vai chegar à conclusão de que essa coisa toda foi um esforço inútil e encerrar os trabalhos? Ou você pretende escavar o campo inteiro?

— Você acha que as raízes não estão lá? — perguntou Richard.

— Eu acho que tem alguma coisa lá — disse Gordon. — Você pode rir se quiser, mas eu já vivi mais do que você e já vi algumas coisas.

— Viu coisas?

— Com o olho da mente, sim.

— Tipo o quê?

Gordon pareceu ponderar a pergunta.

— Coisas deixadas para trás — disse.

— Do que você está falando?

— É difícil explicar. Mas garanto que você não seria capaz de me fazer atravessar aquele portão. Seu pai nunca conseguiu me convencer a ir lá fuçar o chão com ele.

— Ele só estava procurando moedas, Gordon.

— O que você procura e o que você acha nem sempre são a mesma coisa.

— Você leu isso num biscoito da sorte?

— Isso não é uma frase feita, espertinho. Eu estou falando por experiência própria. Não gosto daquele lugar.

Ao ver a reação de Richard, ele riu, embora sem muito humor.

— Seu pai costumava me olhar desse jeito — disse Gordon. — Ele também achava que eu falava muita besteira. Todo mundo acha isso, menos você, não é, campeão?

Aquele comentário era para Russell, que entrava na sala trazendo a gata nos braços. Era um rapaz pálido e reservado, com cachos acobreados grossos, uns dezenove ou vinte anos. Um dos inquilinos mais jovens que Gordon já havia hospedado ao longo dos anos. Ele sentou no braço da poltrona de Gordon, tentando evitar que Richard visse que estava com um olho roxo. O garoto virou um pouco mais o corpo para deixar que a gata esfregasse o rosto em sua mão.

— Não sei o que você vê nesse animal — disse Gordon.

— Companhia, principalmente — respondeu Russell. Aquilo era claramente uma alfinetada, mas Gordon não se sentiu atingido.

— Pois bem — disse ele —, diga à sua amiga que da próxima vez que ela avançar na mobília, eu vou arrancar as unhas dela. Ou mandar Richard enterrá-la naquele campo.

O sorriso que ele deu enquanto virava a xícara de chá era difícil de ler. Na verdade, não costumava ser fácil interpretá-lo. Aquilo era parte do seu charme, e também um dos motivos pelos quais não gostavam muito dele em Stythwaite. Mas, ao mesmo tempo, a menos que você tivesse um pedigree que fosse tão longe no passado a ponto de se perder de vista, eles não davam muita importância para ninguém.

Gordon era um pária, assim como a mãe de Richard havia se tornado. Aquilo os transformou em aliados naturais. Ewan também havia entendido que, de alguma maneira, Gordon era diferente das pessoas do vilarejo, e eles se conectaram com uma devoção surpreendente. Sempre que estavam juntos, Richard e Juliette ficavam assistindo Ewan se transformar num menino animado e sociável que eles mal reconheciam. Ele adorava Gordon, e Gordon o superprotegia. Ele ficava tão apreensivo com tanta coisa no que dizia respeito a Ewan que Richard e Juliette achavam que toda aquela preocupação só podia ser um exagero cômico. Ele devia saber que eles não deixariam que Ewan se ferisse de todas as maneiras que ele temia. Jamais deixariam que ele se afogasse no riacho ou caísse de uma árvore. E não conseguiam entender o que de mal poderia lhe acontecer no campo do outro lado da rua. De todo modo, haviam se mudado para Starve Acre para que Ewan pudesse desfrutar da natureza, e Gordon sabia disso.

Mesmo assim, ele parecia sempre determinado a tirar a atenção de Ewan daquele campo. Ele lhe deu um toca-discos, e sua primeira bicicleta. Dirigia até a casa dos Willoughby com livros que havia comprado em sebos e os lia para ele. Aquilo era a coisa pela qual Ewan mais esperava, ainda que as histórias sempre fossem um pouco maduras demais para que as entendesse por completo. O que Ewan gostava mesmo era do jeito como Gordon lia. Até Juliette sentava para ouvir. As pessoas costumavam fazer isso quando Gordon falava. Especialmente durante o velório, quando ele recitou com enorme comoção a passagem de Coríntios 15.

Nas semanas nebulosas e confusas que sucederam ao funeral, Richard e Juliette tinham passado mais tempo com ele do que quando Ewan estava vivo, os três puxando um ao outro para cima nos piores momentos. Juliette, em especial, sentiu-se muito confortada por Gordon; ele cuidava dela enquanto Richard trabalhava. Mas agora parecia evidente que ele estava apenas manipulando-a e esperando pelo momento certo para falar sobre a Sra. Forde e os Faróis.

Ainda assim, ele havia feito aquilo com boas intenções. Richard precisava lembrar daquilo. Que, um dia, ele também esteve perdido, exatamente como eles estavam.

Alguns anos antes, outro de seus inquilinos — esse era o eufemismo que Gordon usava — havia morrido num acidente na autoestrada, e a Sra. Forde tinha sido a pessoa responsável por ajudá-lo a sair de seu labirinto de sofrimento.

O fato de ter um pé atrás com ela no começo foi uma coisa que ele confidenciou a Richard diversas vezes, para persuadi-lo a acreditar que as suas impressões a respeito dela também mudariam.

— Eu estava tão desconfiado quanto você está — dizia. — Eu estava convencido de que ela não teria resposta nenhuma. E ela não tinha mesmo.

Então, ele se inclinava para a frente, e falava baixinho:

— Era eu quem tinha, Richard.

Aparentemente, ela não havia lhe dado nenhum tipo de conselho, apenas feito com que ele reconhecesse o que já sabia, o que sentia de forma intuitiva sobre o além-vida. Era tão simples, ele disse, que começou a rir quando se deu conta do quanto era fácil aquilo passar despercebido. Aquela compreensão repentina tivera um efeito tão profundo nele que ele passou a ajudar a Sra. Forde nos seus atendimentos desde então, levando-a de carro por todo o condado, para que ela pudesse auxiliar aqueles em estado de desalento. Richard não tinha nenhuma dúvida de que Gordon só queria que outras pessoas se beneficiassem da mesma iluminação que havia alcançado, mas também parecia que estava tentando encontrar uma maneira de retribuir o que ela havia feito por ele. Ela se recusava a receber dinheiro em troca do que fazia e, apesar de Gordon achar aquilo um gesto nobre, tal fato deixava Richard ainda mais preocupado. Teria sido melhor se ela tivesse pedido que Juliette lhe desse uns trocados; ao menos assim suas motivações seriam transparentes. Ele preferia que ela fosse pura e simplesmente uma mulher de negócios do que alguém tão convencida de que possuía dons divinos que sentia a necessidade de compartilhá-los com o mundo por caridade.

Do lado de fora, os dois cachorros latiram para um carro que passava. Russell começou a mexer os dedos, nervoso, e deixou o gato com Gordon.

— Vou indo na frente para preparar as coisas — disse.

— Isso, vai lá, campeão. Pode ir — disse Gordon.

— O que aconteceu com o olho dele? — perguntou Richard, quando ele saiu.

— Ele tinha ido fazer compras para mim no Cannon's e uns babacas que estavam saindo do pub não foram com a cara dele — disse Gordon. — Ele não falou quem foi, mas eu tenho as minhas suspeitas. É por isso que os cachorros estão soltos. Pelo bem dele, não pelo meu. Já faz muito tempo que eu deixei de ter medo desses merdinhas repugnantes daqui.

— Tem gente assim em todo lugar, Gordon.

— Sim, mas acho que aqui temos um tipo bastante específico de cretino. Não me esqueci da forma como trataram sua mãe.

— Isso foi há muito tempo.

— Nem do que eles pensavam sobre Ewan.

— Eu não me importo mais com isso.

Gordon leu as entrelinhas — ele sempre foi capaz disso — e resolveu mudar de abordagem.

— Como estão as coisas em casa? Como vai Juliette?

— A irmã dela está aqui.

Ele deu um sorriso de quem sabia o que aquilo queria dizer.

— Você parece incomodado, Richard — disse ele. — Achei que uma aliada seria bem-vinda.

— Harrie não entende a situação o suficiente.

— Mesmo assim, tenho certeza de que ela quer o mesmo que você.

— Que é?

— Nos convencer a não ir até lá.

— E isso seria possível?

— Começar esse processo foi decisão da Juliette — disse Gordon. — Interrompê-lo também precisa ser decisão dela. Tenho certeza de que você consegue entender isso, Richard. Você não pode fazer essa escolha por ela.

— Mesmo que ela não consiga ver o mal que está causando a si mesma? — retrucou Richard.

Gordon pareceu genuinamente perplexo.

— Que mal a felicidade poderia fazer a ela?

— É com a decepção que estou preocupado — disse Richard.

— Não haverá nenhuma decepção. A Sra. Forde nunca falhou com ninguém.

— Bom, isso é o que ela diz.

— Richard, posso garantir a você que ela não é uma charlatã.

— Tá bom, tá bom — disse Richard. — Eu só quero que a gente acabe logo com isso.

— Para expor toda a farsa, não é? — disse Gordon.

Ele sorriu e pôs sua xícara sobre o pires.

— Sabe, eu acho que você não é totalmente cético, Richard. Senão você não estaria tão chateado comigo.

— O quê?

— Bem, se você realmente acreditasse que não existe nada depois de tudo isso — disse ele, olhando para o cômodo ao redor dos dois —, não faria diferença se eu ou a Sra. Forde, ou seja lá quem for, dissesse o contrário, não é?

— E daí?

— E daí que você não precisa ser tão esquivo, Richard. Talvez você se surpreenda. Ter a mente aberta só o ajudaria a seguir em frente.

— Estou seguindo em frente.

— Espero que isso seja verdade — disse Gordon.

Richard ainda estava incomodado pelo fato de Gordon tê-lo visto em seu pior, nos dias seguintes ao enterro. Ele o havia visto ficar tremendamente bêbado, estupidamente bêbado, naquela mesma sala. Ele o havia visto segurando a cabeça entre as mãos, como se ela fosse inchar até explodir com seus pensamentos. Imagens de Ewan e de sua risada e as lembranças de milhares de diálogos se tornavam brutalmente invasivos sob a onda inebriante do gim caseiro de Gordon. Apenas quando caía no vazio do sono é que ele encontrava paz, ainda que fosse uma paz da qual não podia usufruir de maneira consciente, e ainda que a surra recomeçasse no exato momento em que acordava.

— Ewan está morto — disse Richard. — Ter a mente aberta não vai mudar isso.

— Eu sei que está — respondeu Gordon. — Não estou dizendo que podemos trazê-lo de volta.

— Bom, mas pelo jeito é isso que Juliette está esperando.

— Não é raro que as pessoas entendam errado o que fazemos.

— Só não quero que Juliette se machuque por causa de falsas promessas. É só isso.

— É só isso mesmo? Ou você está com medo de que nós levemos alguma coisa maligna para dentro da sua casa? Eu já falei, Richard — disse Gordon, com um tom brincalhão na voz —, não é uma porra de uma sessão espírita.

— Eu sei que não.

— A Sra. Forde não faz os abajures se mexerem.

— Nunca pensei que fizesse.

— Então com o que você está tão preocupado? Com o teste?

— Na verdade, não. Se Juliette passou, eu também devo passar, não?

— Richard, eu já avisei que não existe nenhuma garantia disso.

— Mas eu não vou deixar Juliette passar por tudo isso sozinha.

— Não, claro que não — disse Gordon. — Olha, beba o seu chá e depois vamos ao banheiro. Não vai demorar. Russell é rápido. Estudante de medicina.

— Eu sei.

A escolha de carreira de Russell era uma fonte de grande orgulho para Gordon, e ele aproveitava toda oportunidade que tinha para mencioná-la.

Richard virou o que ainda havia em sua xícara e seguiu Gordon até o cubículo úmido de azulejos ao lado da cozinha, onde Russell estava lavando as mãos.

— Você também vai? — disse Richard, e depois ficou pensando se era apropriado perguntar diretamente a uma pessoa se ela era um Farol.

Gordon respondeu por ele.

— Não, infelizmente Russell não passou — disse. — Mas saiba que não fiquei particularmente surpreso. Você foi estragado por uma infância católica revoltante, não é mesmo, campeão? Isso o deixou totalmente avesso ao conceito de alma, coitado.

Russell se secou com uma toalha e olhou para Richard.

— Levante sua manga — indicou.

De dentro do armário com espelho, ele tirou uma caixa de plástico e gesticulou para que Richard se sentasse na borda da banheira.

— Vou deixar na geladeira até Peter vir buscar de manhã — disse Gordon. — Aparentemente é melhor se estiver gelado.

— Peter?

— O assistente da Sra. Forde.

— E o que exatamente ela procura? — disse Richard, desabotoando o punho da camisa.

— Eu não saberia dizer. Mas ela sabe quando encontra, eu acho. Você não andou bebendo, né?

— Não, já faz alguns dias.

— Ótimo — disse Gordon. — Pode interferir na leitura.

Russel ficou esperando eles pararem de falar, e quando Gordon fez sinal com a cabeça, ele abriu a tampa da caixa e tirou de lá uma seringa.

A neve tinha voltado a cair quando Richard foi embora, seu braço latejando e dormente debaixo do curativo que Russell havia colado em sua pele.

Enquanto dirigia de volta, ele se viu atrás do Padre Moston, que enfrentava a neve em cima de uma bicicleta. Chegando mais perto da igreja, o padre passou uma das pernas por cima da barra da bicicleta e ficou se equilibrando em cima do pedal até parar, perto do portão.

Tímido e desengonçado como um adolescente, ele tinha a exata aparência de um homem que era obrigado a modelar seu rosto numa grande variedade de expressões. Conseguia expressar compaixão e consolo muito bem, e tinha tornado tolerável a cerimônia do funeral naquela tarde de agosto bonita demais para um enterro. Ele disse todas as coisas certas e leu uma passagem do Evangelho de João com o que parecia ser um sentimento genuíno de esperança.

Porque a vontade de meu Pai é que todo aquele que olhar para o Filho e nele crer tenha a vida eterna, e eu o ressuscitarei no último dia.

O pai de Richard havia se esforçado para garantir que seu filho não tivesse a menor dúvida de que uma igreja era simplesmente um ponto de encontro de doentes mentais, e que todos aqueles que se reuniam ali — padres e fiéis — eram tão fora de órbita quanto um esquizofrênico. Não existia Deus ou o diabo, o paraíso ou o inferno, nenhum julgamento póstumo para a maldade ou recompensa para a piedade; não existia ressurreição, transfiguração, graça infinita nem vida eterna. A totalidade da vida humana se resumia a colágeno e fosfato de cálcio. E depois o nada.

Já fazia alguns anos que Richard dava início às suas aulas na faculdade com a apresentação de uma série de fotografias que ele havia tirado durante as pesquisas de campo que fizera antes de Ewan nascer. Não dava nenhuma pista sobre o que eles estavam prestes a ver. Aquele era o ponto. Sua reação era a lição.

Ali estava a ossada de São Jacinto em Fürstenfeld. O crânio surpreendente de Santo Erasmo em Munique. A cripta em Palermo e as dúzias de padres mumificados, todos ainda vestidos em suas roupas e usando seus barretes, com seus rostos sem nariz, ressecados e sarapintados como a crosta de um queijo forte.

Vejam os Santos Incorruptos, dizia, ainda docemente perfumados e maleáveis após centenas de anos. Imelda Lambertini, Anna Maria Taigi, a belíssima Bernadette Soubirous.

Perguntava à turma se eles achavam aquilo fascinante ou repulsivo enquanto ia passando fotografias das *ñatitas* bolivianas — os crânios e esqueletos infantis enfeitados que habitavam casas junto com os vivos. Isso não seria mais respeitoso do que colocar o ente querido dentro de uma caixa ou numa fogueira?, ele dizia. Uma pessoa não poderia querer ter algum tipo de presença física após sua morte?

Fazia o papel de advogado do diabo, mas, secretamente, ficava sempre do lado dos alunos que eram capazes de perceber todo o amor que estava contido naqueles restos mortais.

Agora, desde a morte de Ewan, ele vinha pensando que havia uma tremenda decência no esquecimento.

Não fazia sentido preservar os pertences do menino como se fossem artefatos de um museu. Tudo — cada um de seus brinquedos e cada peça de roupa — deveria ser jogado na correnteza do tempo para que seu fluxo o levasse para longe. Os desenhos nas paredes deviam ser cobertos com tinta branca, as janelas precisavam ser limpas, e o quarto, preenchido pelos sons de uma nova criança. Não para esquecer de Ewan — apenas para aceitar que ele não voltaria.

De madrugada, Richard acordou com a voz de Harrie chamando por Juliette no andar de baixo. Ele a encontrou parada na porta da frente, enrolada em seu casaco e usando um gorro que ela havia pegado do cabide no corredor. Em seus braços, o cachorro latia e tremia.

— O que foi? — disse Richard. — Por que você está acordada?

— Ela está lá naquele campo maldito — disse Harrie, e, ao olhar para o outro lado da estrada, Richard viu o feixe de luz de uma lanterna se destacando em meio à neve.

Ele saiu de casa, seguindo as marcas que Juliette deixara pelo caminho, e logo se deu conta de que ela estava vestindo muito pouca roupa. Um vento cortante descia pelo vale, entortando as árvores em que Juliette lançava a luz.

— Juliette? O que você está fazendo? — disse ele, e foi recebido pela luz intensa da lanterna em seus olhos.

— Você o viu? — disse Juliette. Segurava um dos ursinhos de pelúcia de Ewan pelo pescoço.

— São três da manhã. Vamos entrar.

— Mas eu o escutei — disse Juliette. — E olhe.

Ela segurou a manga da camisa de Richard e o puxou até um monte de neve perto do portão.

— Essas marcas — disse.

— De raposa — argumentou Richard. Provavelmente a fêmea que ele havia alimentado algumas semanas antes.

Mas Juliette já tinha saído de perto para investigar outro pedaço do terreno.

— Com certeza você o ouviu também — disse ela. — Estava rindo tão alto que me acordou.

— Então você estava sonhando.

— Não era sonho. Eu sei a diferença — respondeu Juliette, jogando a luz na direção da casa e iluminando a expressão angustiada no rosto de Harrie.

Algo que Richard não conseguia enxergar atraiu sua atenção, e ela foi abrindo caminho por entre a neve grossa em direção ao bosque.

— Ewan? — chamou. — Estou aqui.

Ela jogou a luz de um lado para o outro na direção das árvores.

— Ali. Ali, você não o viu?

— Vamos entrar — disse Richard. — Parece que vai nevar.

Mas Juliette foi se embrenhando cada vez mais por entre as árvores, chamando novamente por Ewan, sua voz chegando pouco além do alcance da luz da lanterna antes de também ser engolida pela noite.

Só quando o vento se transformou em nevasca é que Juliette voltou, aos prantos e com a pele gelada. Harrie a levou até a cozinha, onde reacendeu o fogão a lenha e enrolou a irmã num cobertor. Os cantos das janelas se enchiam de neve com rapidez.

Aquela tempestade não havia sido prevista, mas estava arrancando qualquer lasca de madeira morta que ainda houvesse nos freixos. Não seria surpresa se a eletricidade de repente fosse cortada. Acontecia com frequência no vale.

Numa dessas ocasiões, em novembro, no primeiro semestre de Ewan na escola — quando os fios foram derrubados por uma árvore que caiu na estrada —, Richard e Juliette acordaram com cheiro de queimado. Estava vindo de fora do quarto deles, e quando chegaram no primeiro andar e começaram a testar os interruptores, já havia fumaça saindo por baixo da porta do quarto de Ewan.

Richard entrou e encontrou a lixeira de metal em chamas, e Ewan sentado bem na sua frente, com as pernas cruzadas.

— Meu Deus, o que você está fazendo? — disse Juliette, e o puxou, afastando-o do perigo enquanto Richard usava a jarra d'água que ficava ao lado da cama para apagar o fogo. A pilha de velhos livros de colorir e revistas em quadrinhos desmoronou, e as cinzas voaram em seu rosto.

Quando Juliette tentou levar Ewan para fora do quarto, ele chutou e gritou e bateu com os punhos em suas costas até Richard conseguir fazer com que ele a soltasse.

— Pare, Ewan — disse ele. — Você está machucando a mamãe.

Mas o menino parecia não se importar, e Richard foi puxando-o com força pelo pulso em direção ao escuro do quarto do casal, o que só o fez berrar e se debater ainda mais, a ponto de Richard precisar segurá-lo num abraço de urso por um minuto inteiro até que ele se acalmasse por completo.

A luz voltou, e Juliette, que estava parada de forma irresoluta na soleira da porta, sentou Ewan na cama deles e o aninhou contra seu peito.

Ofegante por conta do esforço para conter o menino, Richard se encostou na cômoda.

— O que você estava pensando? — disse ele. — Você poderia ter incendiado a casa inteira.

Ewan não o encarava, então Juliette resolveu tentar.

— Por que você fez isso, querido? — perguntou. — Você devia saber que era perigoso.

— Eu não gosto do escuro — respondeu Ewan.

— Não precisa ter medo do escuro — disse Juliette. — Nós já dissemos isso a você.

— Mas ele estava falando comigo — disse Ewan.

Juliette olhou para Richard.

— Onde você pegou os fósforos? — disse ele. — Na cozinha? Na caixa perto da lareira? Debaixo da escada?

— Não usei fósforos — disse Ewan.

— O que você usou, então? — perguntou Juliette.

— O isqueiro do papai — disse Ewan, imitando o gesto.

— Você entrou no escritório? — disse Richard, e Ewan baixou a cabeça.

Juliette lançou um olhar de reprovação para Richard, e em seguida perguntou a Ewan o que ele havia feito com o isqueiro.

O garoto tirou o objeto do bolso do pijama e o entregou. Richard ficou surpreso que o isqueiro ainda estivesse ali, na gaveta da escrivaninha. Ele não fumava há anos.

— Entra — disse Juliette, puxando o cobertor.

O menino obedeceu e se deitou ali, todo pequeno e manhoso, enquanto Juliette se acomodava ao seu lado. Ela pareceu sentir no ar o ressentimento de Richard por ter sido deixado de fora.

— Bom, ele não pode ficar no quarto dele esta noite, né? — disse ela. — Você consegue achar outro lugar para dormir.

No dia seguinte, eles levaram Ewan para uma consulta com o Dr. Ellis no vilarejo. O menino tinha tossido a noite inteira, e Juliette estava preocupada com seus pulmões. Por ter vindo ao mundo seis semanas antes do tempo, ele nunca havia sido uma criança forte.

Ellis examinou a boca de Ewan e depois levantou seu suéter e encostou a ponta do estetoscópio em suas costas.

— Está tudo certo — disse o médico. — A garganta dele está um pouco inflamada, mas tenho certeza de que vai melhorar em um ou dois dias. Apenas deem bastante água para ele beber.

Ewan escorregou para descer da maca e Ellis bagunçou seu cabelo. Era um homem alto e de ombros largos, severo, porém prestativo, acostumado à companhia das crianças. Sob a sua mesa havia um retrato de seus filhos e filhas. Quatro no total. A quantidade que Richard e Juliette haviam planejado. Para eles, aquele parecia ser o número certo. Em um trio, alguém sempre ficaria de fora, e cinco parecia ser um pouco demais. Com quatro, haveria um equilíbrio.

— Água, tudo bem — disse Juliette. — Obrigada.

— Poderia ser pior — comentou Ellis.

— Sim — Juliette respondeu, ajudando Ewan a vestir seu casaco.

O olhar que ela lançou ao menino enquanto puxava o zíper com força sugeria que ele ainda não havia sido perdoado.

Ellis também percebeu sua expressão e chamou a enfermeira para tirar Ewan da sala.

— Por que você não escolhe um pirulito, rapazinho? — disse ele. — Ouvi dizer que são excelentes para dor de garganta.

Ewan saiu segurando a mão da enfermeira e Ellis fechou a porta.

— Suponho que o fogo não tenha sido acidental — disse o médico.

Juliette balançou a cabeça e explicou o que havia acontecido.

— Sabe — disse Ellis, depois que ela terminou —, tem uma partezinha de mim que admira a engenhosidade dele. Mas, como você disse, o que ele fez foi perigoso.

— Ele devia saber disso — disse Juliette. — Quer dizer, nós dissemos para ele, e falamos para não brincar com fogo.

— Na minha experiência, repetição nem sempre é garantia de obediência — afirmou Ellis.

— Eu sei — disse Juliette. — Mas Ewan não é burro. Ele devia estar ciente do que poderia acontecer.

— Ele só tem cinco anos — disse Richard.

— E é por isso que você deveria ter trancado o escritório — devolveu Juliette.

Ellis sentou-se e sorriu para os dois, tentando manter a paz.

— Crianças experimentam — disse. — Não acho que tenha muita coisa que vocês possam fazer para impedir isso, fora trancafiá-lo num quarto. Na verdade, essa é provavelmente a pior coisa que vocês poderiam fazer com um menino como Ewan.

— Um menino como Ewan? — disse Juliette. — O que você quer dizer com isso?

Ellis sabia que tinha escolhido mal as palavras, e levantou as mãos em um gesto desculpas.

— Alguém que claramente gosta de ficar do lado de fora de casa, foi o que eu quis dizer — explicou ele.

Juliette inclinou-se mais para a frente.

— Então nós não deveríamos ficar preocupados com ele?

— Vocês estão?

— Não sei — disse Juliette. — Ele parece tão diferente agora que está na escola.

— Vocês não acham que isso era inevitável? — disse Ellis, olhando para ela e depois para Richard. — Seria mais estranho se ele continuasse igual.

— Claro — respondeu Richard.

— Mas mudar tanto assim? — perguntou Juliette. — Ficar rancoroso desse jeito.

— Rancoroso? — disse Ellis.

— Ora, não acredito que a essa altura você ainda não tenha ouvido falar sobre o que aconteceu com Susan Drewitt — disse Juliette. — Você mesmo deve ter enfaixado os dedos dela.

Pego de surpresa, Ellis disse:

— Você tem certeza de que Ewan fez aquilo de propósito?

— Ele disse que sim — respondeu Richard.

— Você não acha que ele...? — começou Juliette, tentando encontrar e ao mesmo tempo evitar as palavras.

— Não, eu não acho — disse Ellis. — Ele é um menino perfeitamente normal e saudável. E vocês dois também sabem disso.

Juliette ficou pensando naquilo.

— Mas ele quer passar tanto tempo sozinho.

— Algumas crianças são assim — disse Ellis. — Até hoje minha filha mais velha fica mais feliz na própria companhia.

— Mas ele não está feliz — disse Juliette. — Está solitário.

— Logo ele fará as pazes com os coleguinhas — disse Ellis. — Crianças não têm tanto essa tendência de viver no passado quanto nós temos. Enfim — continuou ele, ficando de pé ao ouvir a voz da enfermeira. — Não falta muito tempo para o Natal. Com certeza essa vai ser uma época divertida para ele, certo?

A enfermeira bateu à porta e trouxe Ewan, com um pirulito fazendo volume em sua bochecha.

Ele não disse nada durante todo o trajeto de volta para casa, ficou apenas olhando pela janela do carro, lambendo o açúcar dos dedos. Quando eles embicaram na rampa da garagem, o garoto olhou para o campo pelo vidro de trás, apreensivo. A noite passada tinha sido tão agitada que ele provavelmente havia confundido o som das árvores se debatendo com vozes em seu quarto. Richard sugeriu que ele fosse até o terreno do outro lado da estrada, nem que fosse só para ver que não tinha nada do que ter medo.

— Vai lá — disse o pai. — Enquanto não está chovendo.

Com alguma hesitação, Ewan saiu de casa e foi até a beira da estrada. Ele olhou para os dois lados, como havia sido ensinado, e depois se enfiou por entre o portão e um dos pilares.

— Você acha uma boa ideia deixá-lo sair para brincar, então? — questionou Juliette. — Depois do que aconteceu?

— Eu vou ficar de olho nele lá do escritório — disse Richard. — Vai ficar tudo bem.

Mas não era isso que ela queria dizer.

— Você não acha que deveria haver algum tipo de consequência para o que ele fez? — disse ela.

Richard tinha a impressão de que ele já havia aprendido a lição.

Ver os pais irritados e chateados com ele era punição suficiente.

Juliette ficou observando o menino saltitar pelo campo, seus terrores noturnos evaporando debaixo da luz do dia.

— Bom, eu não estou vendo nenhum remorso nele — disse ela.

— E como seria, exatamente, o remorso numa criança de cinco anos? — disse Richard. — Ele já esqueceu disso. E a gente também deveria.

— Não é tão fácil assim.

— Tente.

Juliette desistiu da discussão e entrou em casa para começar a arrumar o quarto de Ewan.

Sentado em sua escrivaninha, datilografando, Richard ficou observando o menino coletar os destroços da tempestade. Ele começou a fazer uma pilha de madeira morta no meio do campo, e o que parecia perigosamente com uma fogueira, a princípio, acabou se transformando numa espécie de castelo. A construção o manteve ocupado durante algum tempo, e acabou se misturando a uma brincadeira em que um tronco grande no qual ele conseguia se sentar transformou-se num majestoso cavalo. Não fazia sentido esperar que ele estivesse arrependido. Se alguém deveria sentir culpa, pensava Richard, que fossem ele e Juliette, não Ewan. Encontrar o isqueiro e colocar-se numa situação de perigo não deveria ter sido tão fácil para ele. Além disso, as suposições que eles tinham a seu respeito estavam fazendo com que aquilo parecesse muito pior do que era. O filho sempre tinha sido um rapazinho tão obediente que Richard jamais imaginaria que ele teria ido até o escritório quando haviam lhe dito para não fazer isso, quanto mais mexer nas gavetas. Ele tinha feito algo fora do comum, mas aquele conceito de "comum" havia sido moldado por eles mesmos para o filho. Ellis tinha razão: crianças mudam.

E ele também tinha razão sobre Ewan precisar de espaço para brincar. Lá fora, no campo, o menino ficava imerso em seu próprio mundo, indo e voltando das árvores, correndo, de onde ele coletava galhos cheios de flores amarelas, que fingia serem as bandeiras nos muros do seu castelo.

Cada jornada parecia repleta de perigos, e ele se esquivava dos ataques dos inimigos enquanto golpeava o ar com uma espada de graveto. A rota que ele percorria de seu castelo até as árvores era sempre a mesma e, portanto, enquanto aquele capítulo de suas brincadeiras persistia, Richard pôde focar nele apenas a visão periférica, e assim continuar a trabalhar, sabendo que o garoto não se afastaria muito dali. Foi somente quando o movimento daquele pequeno vulto parou de forma repentina que Richard voltou toda a atenção para a janela.

Ewan estava imóvel ao lado da pilha de galhos que havia feito, olhando para o céu. Richard seguiu seu olhar, mas não viu nenhum pássaro ou avião — o tipo de coisa que o menino costumava indicar.

Sem parar de encarar, Ewan largou as folhas que estava carregando, deu um passo para trás e então começou a correr pelo campo em direção à casa.

A nevasca durou a maior parte da noite e, de manhã, Harrie deixou Juliette dormir até as dez antes de aparecer em seu quarto com um chá. Harrie agora conversava calmamente com a irmã, tentando fazê-la descer até a cozinha para que pudesse cortar seu cabelo, apesar de Richard ter certeza de que ela tinha alguma motivação oculta.

— Você não precisa ficar tão preocupada, Jules — disse ela, espalhando folhas de jornal pelo chão. — Eu sempre fiz um bom trabalho no seu cabelo, não fiz?

Ela ficou parada às costas de Juliette com um pente e o passou pelo cabelo da irmã, fazendo-a se contorcer sempre que pegava um nó.

— Pensei que a gente podia dar uma volta hoje — comentou ela.

— Uma volta onde? — disse Richard.

— Lá no vilarejo — respondeu Harrie, pegando a tesoura em cima da mesa. — Seria bom dar uma passada no mercado.

— Não posso — disse Juliette. — Preciso limpar a casa para quando a Sra. Forde vier. Ela disse que é necessário.

— Bom, nós não precisamos ir até o vilarejo se você não quiser — disse Harrie. — Podemos só dar uma volta no bosque ou algo assim.

Ela fez o primeiro corte, lançando um tufo de cabelo castanho ao chão.

— Você não me ouviu? — disse Juliette. — Eu preciso arrumar a casa para os Faróis.

Harrie alisou seu cabelo com o pente mais uma vez e assoprou a tesoura para limpá-la.

Indo direto ao ponto desta vez, disse:

— Escuta, tem uma pessoa com quem eu queria que você conversasse.

— Do que você está falando? — questionou Juliette. — Quem?

— Ele me fez tão bem depois de tudo que aconteceu com Rod — disse Harrie. — É uma dessas pessoas que fazem você se sentir muito à vontade. Eu sinto que posso dizer qualquer coisa a ele. O nome dele é Osman.

— Ah, pelo amor de Deus — disse Juliette, agora entendendo. — Eu não vou falar com a porra do seu psiquiatra, Harriet. É por isso que você está aqui, para tentar arrumar clientes para ele?

— Você precisa conversar com alguém, Jules.

— Que mania é essa agora? Por acaso conversar é a cura para tudo?

Harriet largou a tesoura.

— Olha, antes do Osman fazer com que eu me abrisse sobre Rod, eu estava muito longe de sequer começar a superar. Ele deu mesmo um jeito em mim.

— Aposto que deu — disse Juliette. — Graham sabe disso?

— Vou botar esse comentário na conta da sua condição.

— Minha condição? — disse Juliette, ficando de pé. — E com o que foi que você me diagnosticou, exatamente?

— Jules, eu falei com o Osman sobre essa Sra. Forde e ele concordou comigo que seria muito melhor se ela não viesse aqui.

Juliette tinha dificuldades para encontrar as palavras, como geralmente acontecia quando sua irmã a enfurecia, e sua resposta saiu confusa.

— Por que eu me importaria com o que esse tal de Osman pensa? Você não tem o direito... ele não sabe nada sobre mim... Jesus, Harriet.

— Será que você pode pelo menos ouvir o que ele tem a dizer? — disse Harrie, direcionando o pedido tanto para Richard quanto para Juliette.

— Ela não precisa de um psiquiatra — disse ele.

— E eu já sei o que ele vai dizer — rebateu Juliette. — Eles são muito cheios de si, o pessoal desse meio. Deixam as pessoas malucas.

— Você está se baseando em apenas uma experiência, Jules.

— Uma já foi o suficiente.

Ewan tinha saído histérico do hospital infantil em Wakefield.

— Eles não sabem do que estão falando metade do tempo — disse Juliette.

— Se você acha que é tudo besteira, então não fará mal nenhum conversar com ele, certo? — retrucou Harrie.

— Você acha que pirei? — perguntou Juliette. — É isso?

— Eu acho que você não está bem — disse Harrie. — Levando em conta o que você diz sobre Ewan.

— Por que não pode ser verdade? Eu não seria a primeira pessoa com quem isso aconteceu.

Harrie suspirou, irritada.

— Escute o que você está falando. Escute o que você está dizendo, Jules, pelo amor de Deus. Você não acredita nisso de verdade, né?

Juliette saiu da sala, e Harrie a chamou:

— Seu cabelo. Eu não terminei.

Quando Juliette a ignorou, ela se virou para Richard.

— Por que você está me olhando desse jeito? — disse ela.

— Você não pode deixar que ela resolva as coisas sozinha?

— Richard, se tem uma coisa que está clara é que ela não tem mais ideia do que é melhor para si. Ela precisa do Osman, não desses outros. Não dessa Sra. Forde.

— Ela não é um vaso — disse Richard. — Você não pode simplesmente tirar uma coisa de dentro dela e colocar outra no lugar.

Harrie franziu a testa e soltou uma risadinha irritada.

— Você não consegue ver o quanto ela está doente, não é?

— Luto não é doença.

— Mas ela não está de luto. Como estaria, se acha que Ewan está vivo? Ela precisa de ajuda.

— E você é a cura?

— Acredite ou não, eu estou do seu lado.

— Então o que você sugere?

— Que ela vá embora desta casa o mais rápido possível — disse Harrie. — E eu não estou sendo dramática. Quanto mais tempo ela ficar aqui, pior ficará.

— E para onde eu devo levá-la, exatamente? Esta é a casa dela.

— Deixe ela ficar em Edimburgo comigo por um tempo. Passar um tempo com a família. E então, na próxima vez que você a vir, ela será uma pessoa diferente. Eu tenho certeza.

— Foi por isso que você veio? — disse Richard. — Para levá-la embora?

— Você acha que ela estará melhor ficando aqui? — disse Harrie, conduzindo-o pela porta da cozinha. — Olhe para ela.

Juliette estava no corredor, lustrando o espelho e ouvindo as fitas que havia gravado no quarto de Ewan. Ela havia colocado o volume no máximo, e o som de sua própria respiração, os ruídos dos canos, as correntes de ar passando pela janela e todos os outros movimentos incessantes da casa que ela havia captado estavam amplificados a uma ensurdecedora cacofonia.

Harrie fez o melhor que pôde para convencer Juliette a sair de casa, mas ela continuou escovando e esfregando, indo do corredor para as escadas, onde varreu cada degrau e limpou o corrimão de bronze com um espanador.

Ela não inspecionava a casa tão de perto desde os dias seguintes ao incêndio no quarto de Ewan. Seus métodos eram agora tão meticulosos quanto haviam sido naquele momento. Depois que conseguiu se livrar do cheiro de fumaça e tirou as cortinas para serem lavadas, ela mandou Richard trancar o escritório e mantê-lo trancado sempre que não estivesse lá. Todos os fósforos foram guardados em armários bem longe do alcance de Ewan, e os demais itens dos quais o menino poderia possivelmente apropriar-se para cometer alguma travessura foram confinados no galpão do quintal dos fundos.

Juliette sabia perfeitamente que era impossível imaginar todas as maneiras como Ewan poderia se ferir, mas ela sabia que tinha de fazer alguma coisa mesmo assim. Com o inverno se aproximando, o menino estava passando menos tempo no campo e mais tempo dentro de casa. Mas, para Richard, não parecia que aquilo tinha qualquer coisa a ver com o clima. Na tarde que passou lá brincando de cavaleiros e castelos após a consulta com o Dr. Ellis, ele voltou para casa incomodado com alguma coisa. E todas as vezes que o garoto saiu de casa depois disso, chegava só até o portão antes de voltar correndo para dentro.

— O que foi? — perguntou Richard. — Você não gosta mais de brincar lá fora?

Ewan deu de ombros e Richard perguntou se ele tinha ficado sem ideias para as brincadeiras.

— Não — disse Ewan. — Eu tenho muitas ideias.

— O que foi, então?

— Não gosto daquela árvore — disse Ewan.

— É das árvores do bosque que você está falando?

— Não, da árvore grande.

Agora Richard sabia por que o menino tinha olhado para o céu. Ele estava imaginando o velho carvalho. Sem dúvida, Gordon havia enchido sua cabeça de histórias.

— Mas não tem árvore nenhuma lá no campo — disse Richard.

— Não mais.

— Às vezes, tem — disse Ewan, numa lógica que fazia todo o sentido para ele. — Às vezes, não.

Richard o levou até lá e mostrou que o terreno estava vazio, e, segurando sua mão, Ewan pareceu satisfeito. Mesmo assim, ele nunca ia até lá sozinho. Em vez disso, quando não estava na escola, ficava vagando pela casa, indo de um cômodo a outro, ou sentava na escada todo melancólico, vestido de pirata ou caubói para alguma brincadeira que tinha perdido a graça rapidamente.

Preocupada que o tédio pudesse levar à curiosidade, e que a curiosidade pudesse levar a ferimentos, Juliette tentou mantê-lo ocupado o máximo que pôde com jogos de tabuleiro ou ajudando-o a fazer biscoitos, ou distraindo-o com um livro ou uma história em quadrinhos. Aos domingos, ela e Richard às vezes o levavam para caminhar tomando o rumo de Micklebrow ou dirigiam até Skipton para olhar para o castelo.

Uma vez, foram passar um fim de semana com os pais de Juliette em Edimburgo, dois dias tensos durante os quais Eileen e Doug ficaram tentando entender por que eles tinham ido até lá. Ninguém lhes dissera nada sobre o que Ewan havia feito com Susan Drewitt ou sobre o incêndio, mas eles percebiam que alguma coisa estava errada. Juliette passou a maior parte do tempo correndo atrás de Ewan, cujo humor estava impossível de acompanhar. Ele ficava mal-humorado e depois hiperativo, queria companhia num minuto e ser deixado sozinho no seguinte.

— Todo mundo precisa de espaço — disse Doug, para confortar Juliette. — Mesmo nessa idade. Dê um tempo para ele respirar, docinho.

Ela chegou a tentar quando voltaram para Starve Acre, mas, toda vez que Ewan ia para o quarto brincar, Juliette encontrava alguma desculpa para ir vê-lo minutos depois. Ela levava roupas limpas ou escolhia aquele momento para começar a organizar o guarda-roupa do menino ou trocar seus lençóis.

Em resposta, Ewan começou a fazer o mesmo com ela.

Depois de colocá-lo para dormir e mergulhar na banheira, era possível que ela emergisse da água e o encontrasse encarando-a do corredor. E ele parecia ter um talento especial para saber quando Richard e Juliette estavam nos estágios iniciais das preliminares, e entrava na cama com eles antes que pudessem ir adiante.

Debaixo dos lençóis, ele os beliscava ou puxava o cabelo de Juliette, aparentemente pelo simples fato de que doía.

— Tudo isso é porque ele quer atenção — disse Richard. — Nada mais.

— Mas ele não quer nossa atenção — disse Juliette. — Ele quer ficar sozinho.

— Bem no fundo, eu digo.

Para Richard, Ewan desejava a companhia de seus pais tanto quanto qualquer outra criança.

— Você gosta dele? — perguntou Juliette. — Como pessoa, quero dizer.

— É claro — disse Richard. — Por quê? Você não?

— Eu não sei — respondeu ela. — Sinceramente. Não sei dizer.

— Ele continua sendo nosso Ewan — disse Richard, e ela olhou para ele como se aquele fosse o problema.

Ele era aquilo que eles haviam feito dele. Se não gostavam do que viam, era sua própria culpa.

Às vezes, Richard ficava com a impressão de que Juliette, na verdade, havia trazido gêmeos para este mundo: Ewan e Culpa. Essa última sempre havia sido a mais forte dos dois. Comia mais, pesava mais, exigia mais da atenção deles. Quando Ewan já não estava mais lá, mas a Culpa sim, esta cresceu ainda mais.

Mesmo antes de engravidar, Juliette já falava sobre o seu menino, seu Ewan, descrevendo em detalhes a personalidade que ele teria e as roupas que usaria. E apesar de Richard sempre ter pensado naquilo como nada além de um exercício bonitinho de imaginação, outras pessoas ficavam chocadas por Juliette ter tamanha confiança num útero que jamais havia sido testado. Eles disfarçavam suas preocupações com piadas, mas, mesmo assim, a sensação entre amigos e família era de que Juliette corria o risco de estar chamando o azar para si mesma e para a criança de alguma forma, isso se uma criança chegasse a existir algum dia. Quando ela engravidou, ficou fácil desdenhar de tudo, considerar superstição, mas então Ewan nasceu prematuramente, e quando eles tentaram ter um segundo filho um ano depois, nada aconteceu. Depois disso, ficou difícil tirar da cabeça a ideia de que ela havia sido presunçosa e infligido algum tipo de dano a si mesma. Quando Ewan faleceu, ela teve a certeza de que tinha convidado a morte a entrar naquela casa.

No fim das contas, fosse aquilo um castigo ou simplesmente má sorte biológica, não fazia muita diferença. Nenhuma conclusão parecia fazer sentido. Ninguém conseguia explicar o significado que a vida de Ewan deveria ter. Ele havia falecido antes de ser capaz de se tornar, conquistar ou realizar qualquer coisa. Parecia que só tinha vindo ao mundo para sugar todo o amor que havia neles e trocá-lo por sofrimento.

Enquanto Juliette varria o corredor do lado de fora do escritório, Richard tentava datilografar as anotações que havia feito na barraca. Acabou, porém, se distraindo com a lebre, removendo o jornal que havia usado para cobri-la e examinando os ossos mais uma vez. O que deveria fazer com aquilo, ele não sabia muito bem. Deixá-los dentro de uma caixa seria um desperdício. Poderia, é claro, levar os restos até a universidade quando voltasse para lá. O pessoal das Ciências Biológicas talvez os quisesse. Ou poderia montar o esqueleto de forma que a lebre parecesse correr por cima da escrivaninha.

Ele procurou nas estantes por um livro que talvez lhe ensinasse a executar o processo, mas não achou nada útil e acabou retomando o trabalho de abrir as caixas de seu pai.

Uma hora se passou. Ele separava o que conseguia por assunto e acrescentava o que sobrava a uma grande miscelânea de livros debaixo da janela, pilhas em constante crescimento.

No fundo de uma caixa, encontrou uma série de livros recheados de envelopes antigos cheios de flores selvagens secas colhidas no jardim. E no meio de um folheto sobre o cogumelo agário-das-moscas, mais uma das xilogravuras.

Comparada às outras, estava em péssimas condições. As bordas estavam amassadas e, em algum momento, havia sido dobrada em quatro. As dobras haviam fragilizado o papel, de modo que a coisa toda partiu-se em quatro pedaços que Richard reorganizou sobre a mesa.

Aparentemente, a xilogravura mostrava três fazendeiros. Um com uma clava. Um com uma rede. O último, segurando um lampião na ponta de um mastro, ajoelhado em seu campo, dizendo: "Jack Grey, Nossos Filhos Esquálidos Morreram Por Ti."

Richard não ouvia aquele nome desde a infância, quando os filhos dos Cannon do mercado do vilarejo tentavam assustá-lo.

Você sabe que o Jack Grey mora no bosque que tem lá no seu terreno, né, Willoughby? Você sabe que ele sai à noite e fica olhando pelas suas janelas?

Os mais velhos em Stythwaite também tinham suas histórias, sobre terem sido perseguidos pelo Bosque de Croften quando crianças, sobre os alertas dos avós para tomarem cuidado com o Jack Grey. No entanto, o que ele faria com eles se os pegasse andando pelo meio das árvores nunca ficou muito claro. E embora a ideia de ser observado enquanto dormia fosse perturbadora, Richard nunca foi capaz de imaginar o que teria visto se tivesse acordado. Jack Grey era um desses personagens que, por algum motivo, passavam de geração em geração, tornando-se cada vez mais obscuros até que apenas o nome sobrevivesse, associado a uma leve sensação de malevolência.

Era possível traçar paralelos com as outras espécies de entidades que pipocavam por toda Inglaterra. Ele era, no fundo, só um outro tipo de Homem Verde, leprechaun ou Bruxa do Mato. Uma entidade instável que arruinava as lavouras ou fazia com que crescessem mais. Um uivo no meio do mato. Um estranho no meio da rua no fim do dia. Amistoso, porém não inteiramente confiável. Tocava uma música para, então, colocar uma lâmina no seu pescoço.

Ele já devia ser um personagem antigo do folclore quando aquelas gravuras foram feitas. Era difícil imaginar que alguém acreditasse sinceramente que ele era real.

Pouco depois das seis da tarde de domingo, Gordon chegou junto com os Faróis. Foi o primeiro a vir até a porta, enquanto os outros ainda saíam de sua van. Quando apertou a mão de Richard e beijou o rosto de Juliette, ele parecia estranhamente tenso.

— Desculpe por não termos chegado mais cedo — disse —, mas a estrada parece uma pista de patinação, e minha van não é mais tão ligeira quanto antes.

— Foram só alguns minutos — disse Juliette. — Não se preocupe.

— Eu sei, mas a Sra. Forde gosta de chegar na hora marcada — disse Gordon. — É importante para ela.

Ele ajeitou a gravata e virou-se para olhar para as três pessoas que se aproximavam. Estava usando seu melhor terno, Richard notou.

— Ela falou para você? — disse Juliette.

— Falou o quê? — disse Gordon.

— Sobre Richard. Se ele pode ficar conosco ou não.

Mas antes que Gordon pudesse responder, os outros já estavam à porta, e ele apresentou o jovem bem-vestido que ajudava a Sra. Forde a subir os degraus.

— Este é Peter — disse, e todos trocaram apertos de mão firmes. Para Richard, ele se parecia com um dos funcionários que costumava trabalhar no escritório de seu pai. Tudo nele parecia limpo e bem definido, incluindo a linha que partia para o lado seu cabelo.

Ao seu lado estava uma mulher pequena, de meia-idade, vestindo uma capa impermeável.

— Rashmi — apresentou-se. Ela tinha os dentes amarelados de uma fumante voraz. Cabelo preto muito abundante. As contas em seu pulso fizeram barulho quando ela apertou a mão de Richard.

— E Juliette, Richard — disse Gordon, enquanto Peter e Rashmi desabotoavam seus casacos —, esta é a Sra. Forde.

Richard estava esperando alguém mais obviamente peculiar, mas debaixo do casaco pesado de lã ela vestia uma saia de algodão e uma blusa lisa cor de marfim. Se passasse por ela na rua, teria imaginado que era uma professora do primário ou a esposa de um pastor. Uma mulher simples, embora atraente, já com seus sessenta e poucos anos e que prendia o cabelo com uma borboleta de metal.

Em sua presença, Gordon ficava estranhamente quieto e submisso. E Peter e Rashmi se comportavam como se fossem camareiros de uma viúva rica, tirando seu casaco e sua echarpe, catando fios de cabelo soltos em seus ombros.

— Vocês têm uma casa linda — comentou ela numa voz forte e cordial.

— Obrigada — disse Juliette. — Eu a limpei, como você pediu.

A Sra. Forde olhou ao redor, aprovando o que via.

— Pude perceber assim que entrei que esta é uma casa que vocês amam. Devo supor que o seu filho foi muito feliz aqui, não foi?

Juliette concordou com a cabeça.

— Não, chega de chorar — disse a Sra. Forde, entregando-lhe um lenço que Peter tirou do bolso. — Com certeza você já chorou o suficiente por ele nesses meses. Que esta seja a última vez.

— Vou tentar — disse Juliette, sorrindo enquanto enxugava os cantos dos olhos.

— Ewan se foi de forma muito repentina — disse Gordon, como se estivesse querendo aplacar a reação de Juliette. — Você se lembra de quando contei para você?

— Lembro, lembro sim — disse a Sra. Forde. — No entanto, há algum conforto em saber que, quando uma criança perde sua luz, a maior parte do que ela sofreria em sua vida futura é evitada. Imagino que você conheça o poema de Jonson?

— Sim — disse Juliette.

Um de seus tios de Aberdeen tinha copiado parte dele num cartão que mandara para ela — "Ter escapado tão cedo da fúria da carne e do mundo" —, debaixo de uma imagem de Jesus oferecendo a palma da mão para uma pomba pousar.

Após a morte de Ewan, quase toda a correspondência que chegou à caixa de correio trazia as mesmas garantias de que o menino estaria no céu, cuidando deles como um anjo.

A essência, em geral, não diferia muito daqueles panfletos vitorianos que asseguravam aos pais de coração partido que todo aquele

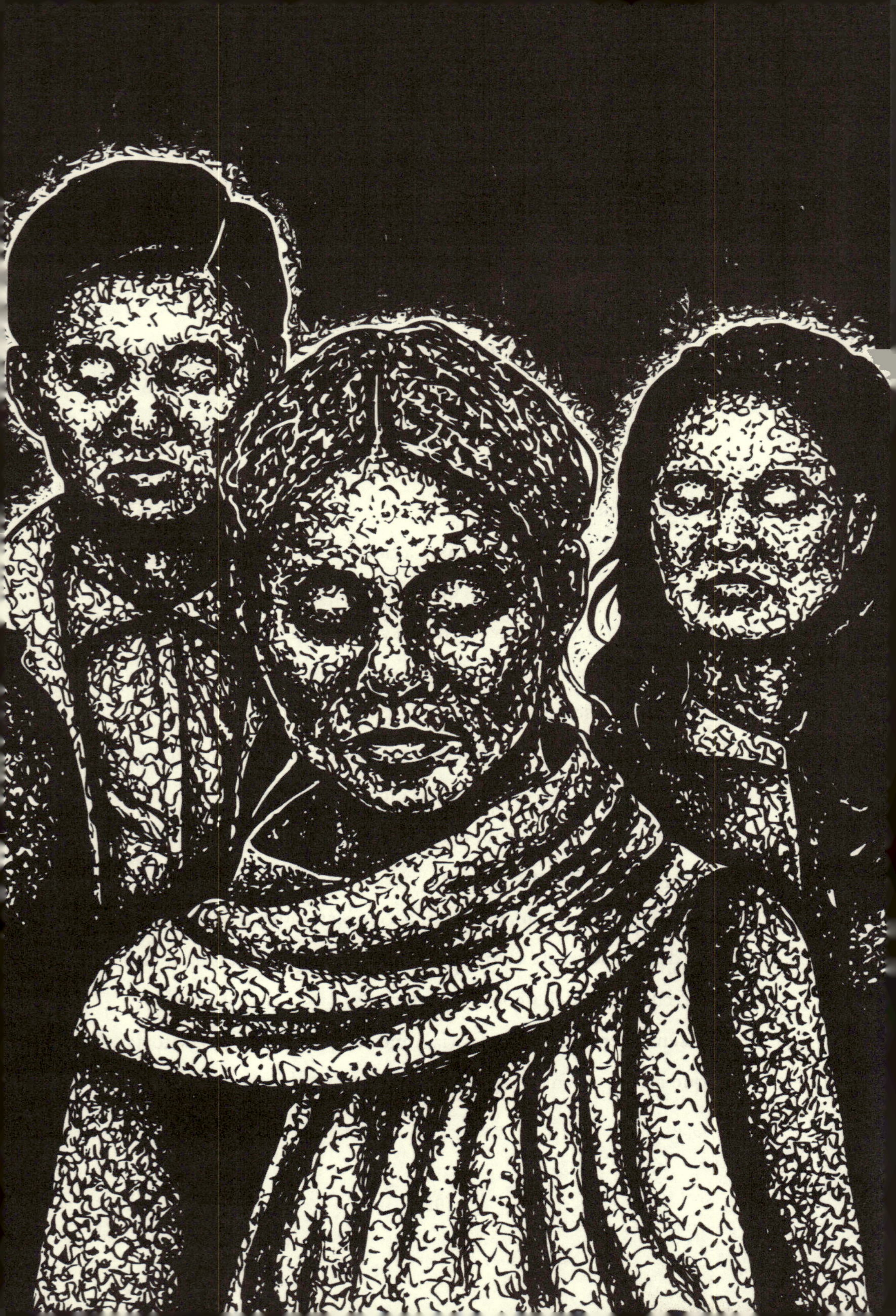

sofrimento estava predestinado. Que morte alguma era por acaso. Que uma criança sempre era escolhida a dedo para estar ao lado de Deus.

Para as pessoas, Richard achava, era difícil aceitar que um evento poderia ser completamente desprovido de bondade. Ninguém gosta de admitir que a maldade realmente existe. E por isso as cartas que chegaram a Starve Acre vindas de primos de segundo grau e antigos colegas da escola insistiam que a experiência da morte de Ewan faria com que os Willoughby atravessassem o resto de suas vidas com o tipo de força interior que só pode ser forjada no luto. O que significava que, de algum jeito odioso, eles eram privilegiados.

Em determinado ponto, Richard parou de checar a caixa de correio. Claro, as pessoas tinham que dizer alguma coisa, mas a sua arrogância em achar que sabiam exatamente o que ele ou Juliette estavam sentindo só servia para lhe deixar indignado. Ninguém jamais seria capaz de entender algo que nem eles próprios conseguiam. Embora Harrie, naturalmente, alegasse o contrário. Ela sempre achava que sabia o que era melhor para a irmã.

Ela havia passado as últimas horas antes da chegada dos Faróis tentando convencer Juliette a cancelar a visita, mas, tendo fracassado, os cumprimentou quando foi apresentada, fazendo um gesto indiferente com a cabeça.

A Sra. Forde pareceu entender que o seu desprezo era, na verdade, preocupação, e pôs uma das mãos sobre o ombro de Harrie.

— Olhe, sua irmã estará em segurança — disse ela.

Harrie deu uma risadinha incrédula antes de se virar para Juliette.

— Se você precisar de mim — disse —, estarei no meu quarto.

— Se eu precisar de você? — respondeu Juliette. — Para quê?

— Só tome cuidado — disse Harrie, e passou por entre as visitas em direção às escadas.

— Desculpe — disse Juliette, abrindo a porta da cozinha para a Sra. Forde.

— Não peça desculpas — disse ela. — Eu me deparei com isso a vida inteira. Sabe, para cada pessoa como você, existem outras mil que preferem continuar vivendo na ignorância. E mesmo assim eu entendo que, de certa forma, deve existir uma espécie de conforto em adotar esse tipo de postura por um tempo.

— A verdade assusta algumas pessoas — disse Peter, e Rashmi concordou.

— Ou elas apenas precisam de provas — acrescentou Gordon.

Richard achou que aquele comentário provavelmente se dirigia a ele, uma pista sobre o veredito ao qual a Sra. Forde havia chegado. Era exatamente como ele imaginava: a coleta de sangue, os presságios encenados, tudo era apenas uma maneira de eliminar os céticos que talvez pudessem desmascarar sua fraude.

A Sra. Forde sentou-se à mesa e ajeitou a saia sobre os joelhos.

— Qual é a sua preocupação, Juliette? — disse ela. — Você está tensa.

Juliette não conseguiu explicar direito o motivo, e a Sra. Forde a convidou a sentar-se.

— O que faremos esta noite não vai machucá-la — assegurou ela. — Não lhe dará medo. Se você sentir alguma mudança depois, será sempre para melhor. Será apenas como se você tivesse saído de dentro da água e aberto os olhos.

— Mas Ewan vai voltar? — perguntou Juliette, o que fez com que a Sra. Forde franzisse a testa. — Eu ainda não entendi direito por que não estou mais conseguindo vê-lo nem ouvi-lo. Por que agora ele está desaparecendo?

— Acho que você acaba de explicar para si mesma o motivo da sua confusão. Ewan Willoughby era apenas um corpo. Um corpo não pode retornar depois que foi colocado debaixo da terra, pode?

— A luz estava apenas de passagem por ele — disse Peter, abrindo a grande bolsa de couro que carregava.

— Mas indo para onde? — disse Juliette.

— Ah — disse a Sra. Forde. — Você já assoprou um botão de dente-de-leão quando era pequena?

Sem entender direito a metáfora, Juliette olhou para Gordon.

— A luz tem uma tendência a se espalhar quando é liberada do corpo — disse ele, aparentando não estar muito convencido de que sua explicação houvesse sido mais clara.

Rashmi entrou no assunto enquanto prendia o cabelo numa bandana, suas pulseiras tilintando.

— Ela não está mais consciente — disse. — Não escolhe a próxima coisa que iluminará. Ela pode se perder, por assim dizer. Pode ficar à deriva.

— Mas algumas pessoas — disse a Sra. Forde —, como eu, Peter, Gordon e Rashmi, e como você, também, Juliette, são capazes de atrair a luz de volta para o lugar onde ela floresceu, onde ela deu vida a uma coisa preciosa e amada. Você pode convidá-la a tomar uma nova forma.

Richard fez um barulho e Juliette lhe lançou um olhar sério.

— E quanto a Richard? — disse ela. — Ele pode ficar conosco?

A Sra. Forde olhou para ele, pôs a mão sobre a dele e lhe abriu um sorriso benevolente. Não, pensou Richard, ele seria mandado para o jardim, como um cão indesejado.

— É claro que ele pode ficar — disse a Sra. Forde. — A leitura foi muito intensa, muito positiva.

Juliette lançou um olhar acusatório para Richard, como se ele tivesse, de alguma forma, trapaceado para estar ali. Mas ele estava mais surpreso do que ela. Certamente Gordon dissera à Sra. Forde o quanto ele estava desconfiado em relação a tudo isso. Ela poderia tê-lo excluído facilmente com aquela hemomancia ridícula, mas não o fez.

— Podemos começar? — disse a Sra. Forde.

Peter e Rashmi puseram dois potes grandes de vidro sobre a mesa. Dentro de um deles havia um montinho de cera derretida e suja, e dentro do outro, uma vela branca novinha em folha. Inclinando o primeiro pote, Peter acendeu o pavio e ficou assistindo-o pegar fogo. Sobre a mesa, a sombra do vidro coberto de fuligem se esticava e encolhia à medida que a chama tremulava. Gordon fechou as cortinas e apagou as luzes.

— Você está pronta, Juliette? Richard? — disse a Sra. Forde, e se acomodou novamente na cadeira, suas mãos sobre a mesa com as palmas viradas para cima.

Peter, Gordon e Rashmi fizeram o mesmo, e Juliette os imitou, encorajando Richard a fazer o mesmo.

— Saia das sombras — disse a Sra. Forde. — Brilhe com força.

Gordon inspirou e expirou.

— Brilhe com força.

— Brilhe com força — Peter e Rashmi fizeram eco.

Todos deram as mãos e um círculo se formou.

— Concentrem-se na chama da vela — disse a Sra. Forde a Richard e Juliette. — Mantenham essa imagem em mente e a luz que estava no Ewan voltará para vocês.

Juliette sorriu e apertou a mão de Gordon com mais força.

Por cinco minutos, dez, quinze (Richard não conseguiu evitar ficar olhando para o relógio), todos fecharam os olhos e respiraram lentamente, seus troncos se expandindo e contraindo em sincronia a partir de determinado ponto.

Após algum tempo, a chama da vela era branda e, exceto pela ilha da mesa, a cozinha estava completamente às escuras. Sentado à sua frente, Richard ficou olhando Juliette se mexer na cadeira, se esforçando para manter os olhos fechados.

— Qual o problema? — disse a Sra. Forde.

— Nada, nada — respondeu Juliette.

— Você está distraída. O que foi?

Juliette abriu os olhos, induzindo a Sra. Forde a fazer o mesmo.

— Ele está parado atrás de mim — disse ela. — Eu posso senti-lo.

A Sra. Forde segurou a mão dela com firmeza.

— Você precisa abandonar essas ilusões. Você precisa enxergar que agora existe apenas luz, não Ewan.

— Mas ele está ali — disse Juliette, procurando o que quer que achasse que estava vendo pela cozinha, olhando por cima do ombro de Peter.

— Feche seus olhos de novo — disse a Sra. Forde. — Pense na chama, como eu disse.

Juliette começou a chorar.

— Sinto muito, Ewan. A mamãe sente tanto.

— Olhe para mim — sussurrou severamente a Sra. Forde.

Lentamente, Juliette obedeceu a Sra. Forde.

— Isso precisa acabar, Juliette. Ou você vai ficar andando em círculos pelo resto da vida.

— Mas eu não quero que ele se vá.

— Ele já se foi. Ele a deixou seis meses atrás.

— Não diga isso — gritou Juliette.

— Mas é a verdade. O único lugar em que Ewan Willoughby ainda vive é na sua cabeça.

Juliette começou a fungar, segurando o choro, e Gordon beijou sua mão.

— Ela tem razão — disse ele. — Você sabe que tem.

Rashmi sorriu, seus olhos ainda fechados, e disse:

— Você não precisa se preocupar com ele, Juliette. Ele não sente mais dor nenhuma.

— Onde ele gostava de brincar? — disse a Sra. Forde. — Qual era o lugar favorito dele?

— O quarto dele — disse Juliette.

— Não, não. Outro lugar. Fora da casa. Talvez aquele campo?

Juliette rejeitou a ideia.

— Ele nem sempre gostava de ir lá. Ele tinha medo do campo às vezes.

— Ele não pode mais sentir medo — disse a Sra. Forde. — Isso não é possível.

Ela afastou o cabelo de Juliette da testa.

— Você ainda está conseguindo vê-lo?

— Sim — disse Juliette. — Acho que sim.

— Então diga a ele que ele pode ir. Diga que ele pode brincar no campo pelo tempo que quiser.

Juliette obedeceu, seus olhos vermelhos por causa das lágrimas.

— Não chore por um pensamento — disse a Sra. Forde. — Isso é tudo que seu filho é desde que morreu. Não se engane mais. Feche os olhos. Pense na luz.

Juliette respirou fundo e enxugou as lágrimas, embora ainda estivesse olhando para a porta.

Assim que estavam todos prontos de novo e voltaram a respirar profundamente, a Sra. Forde começou a repetir um mantra sussurrado, com palavras que Richard não conseguia identificar, mas que soavam apropriadamente sinistras. Rashmi, Gordon e Peter começaram a entoá-lo também, e, entre as paredes maciças da cozinha, a sibilância ecoava e se distorcia, o som agora mais próximo do ouvido de Richard, ricocheteando nas vigas do teto.

O ruído foi se transformando numa mescla de vozes e ecos de vozes e Richard sentiu que a mão da Sra. Forde apertou a sua com mais força. Logo, um sorriso se abriu em seu rosto, e os outros também sorriram. Peter começou a rir baixinho e depois Gordon respondeu. A Sra. Forde foi a próxima, seguida por Rashmi e, depois, Juliette. O que quer que tenham visto ou sentido se espalhou rapidamente pelo circuito.

— Vocês estão vendo?

— Sim, estou vendo.

— Sim.

— Sim.

Mas, fosse o que fosse, aquilo havia passado batido por Richard, e ele não sentia nada além do suor da mão de Peter e da aliança de casamento da Sra. Forde afundando em sua palma.

— É lindo.

— Lindo.

— Maravilhoso.

— Maravilhoso.

— Venha, venha — disse Gordon.

Meio encantada, meio alarmada, Juliette disse:

— Ela vai ficar?

— Sim, olhe, olhe — disse a Sra. Forde.

Todos abriram os olhos e ficaram assistindo a chama dentro do jarro tremular e se distender até desaparecer em lufadas de fumaça cinza. A escuridão da cozinha caiu sobre eles. Richard sentiu mãos pressionando as suas enquanto todos esperavam.

Alguns segundos depois, a outra vela ganhou vida.

Quando a chama ficou firme e forte, a Sra. Forde desmanchou o círculo e Peter lhe entregou um lenço para que a mulher enxugasse a testa.

— Deixe a vela queimar — disse ela. — Não assopre para apagar. Deixe que ela vá minguando sozinha.

Juliette parecia atordoada, como se estivesse retornando de uma anestesia. Mesmo quando os outros estavam se abraçando entre si (e Richard), em meio a conversas animadas e aliviadas, ela não disse nada, ficou apenas sentada à mesa olhando ao redor.

— Dê um momento a ela — disse a Sra. Forde quando Richard se levantou para falar com Juliette. — Venha para o corredor.

— Ela vai ficar bem — disse Gordon, quando Richard o acompanhou para fora da cozinha. — É perfeitamente normal. Algumas pessoas ficam assim na primeira vez que conseguem enxergar direito.

— Normal? — disse Richard.

Mas Gordon permaneceu sereno.

— Você pode achar o que quiser, Richard — disse ele —, mas você verá como Juliette ficará muito mais feliz de agora em diante.

— Você não vai reconhecê-la — disse Rashmi, provavelmente achando que aquela seria uma consequência positiva.

— Se ela parecer estranha — disse Peter, tirando o casaco da Sra. Forde do cabide. — Será apenas porque você nunca viu uma pessoa realmente em paz.

Ele segurou o casaco para que a Sra. Forde o vestisse, mas ela saiu andando na direção oposta, até o pé da escada, e olhou para a escuridão, para cima.

— O que foi? — disse Gordon.

Ela segurou o corrimão e subiu alguns degraus, esticando o pescoço para olhar por entre as barras no último degrau.

— Sra. Forde? Está tudo bem? — disse Rashmi, tentando entender o que ela estava vendo.

Quando ela desceu de volta, suas pernas aparentavam estar mais fracas, e Peter entregou o casaco a Richard, para que pudesse segurá-la. Ela havia começado a suar muito, e Gordon foi rapidamente pegar o banquinho debaixo da mesa do telefone para que ela se sentasse.

— Não, não — disse ela, dando as costas à escada. — Prefiro que a gente vá embora.

Peter pegou um lenço limpo no seu bolso interno e passou no rosto dela. Cada milímetro da pele da mulher estava coberto por uma camada de umidade, e havia manchas escuras se espalhando por suas roupas.

— Por favor — disse a Sra. Forde, afastando a mão de Peter. — Podemos sair daqui? Eu preciso de ar fresco.

Richard devolveu o casaco a Peter, que o colocou sobre os ombros da Sra. Forde antes de pegar seu braço.

Quando ela passou por ele, Richard pode ver que seus lábios estavam sem cor, e que ela tinha o rosto cinzento de quem está prestes a ficar doente. Rashmi abriu a porta e a manteve aberta, segurando a Sra. Forde pelo cotovelo para ajudá-la a descer as escadas.

— Desculpe, Richard — disse Gordon. — Ela fica desse jeito às vezes. Ela sai de si. Diga a Juliette que eu volto para ver como ela está em um ou dois dias, está bem?

Do lado de fora, enquanto esperava que Gordon abrisse as portas da van, a Sra. Forde ficou encarando a fachada da casa, e continuava olhando para ela quando eles se foram.

Era um efeito dramático muito eficiente, Richard pensou, para que eles não tivessem a menor dúvida acerca de seu misticismo.

Na cozinha, Juliette estava hipnotizada pela vela. Quando Richard se sentou ao seu lado, ela lhe deu um sorriso sarcástico, como se tivesse percebido naquele momento algo que até então vinha lhe escapando.

— Juliette? — disse Richard. — Tudo bem?

Ela se virou, piscando os olhos, como se não estivesse realmente lá.

— O que você viu? — perguntou ele.

— Hã?

— Você disse que era lindo. O que era?

— É difícil explicar — disse Juliette.

— Do que vocês todos estavam rindo? O que era tão engraçado?

— O absurdo.

— Do quê?

— Disto — disse Juliette, tocando o próprio corpo.

Harrie desceu as escadas e, no instante seguinte, entrou na cozinha fumando um cigarro, com a cadelinha vindo logo atrás.

— Eles já foram embora, então? — disse ela, sentando-se no lugar que a Sra. Forde havia ocupado e olhando desconfiada para as duas velas. — O que eles disseram?

Juliette não respondeu, só observou a luz brincar em suas mãos.

— Qual o problema dela? — questionou Harrie.

— Não sei — disse Richard. — Ela não diz.

— Como assim você não sabe? Você estava aqui, não estava?

— Acho que ela só precisa de um tempo.

— Ela está bêbada? — disse Harrie. — Foi isso o que eles fizeram, embebedaram ela? Jules? Eles deram alguma coisa para você?

Ela chegou mais perto de Juliette e sacudiu seu braço, tentando despertá-la de seu êxtase.

Richard as deixou na cozinha e foi até o escritório. Aquilo tinha sido exatamente como ele havia imaginado: nada além de uma tremenda encenação. Um nível acima de marionetes e dos óleos fosforescentes dos espiritualistas vitorianos — mas teatro, acima de tudo. Especialmente a repentina crise de náusea da Sra. Forde. O único motivo pelo qual Juliette não tinha percebido que aquilo tudo era um truque era porque ela não queria.

E eles voltariam. Ele sabia disso. O estado de arrebatamento de Juliette não duraria muito, e ela convocaria os Faróis novamente. Ela se tornaria dependente das suas performances.

A neve caía mais uma vez lá fora, acumulando-se sobre a barraca, recomeçando o processo de soterrá-la. Poderia muito bem ser o primeiro dia do inverno, Richard pensou, e não alguns dias antes da primavera.

Ele queria os tordos e os cucos e os pica-paus verdes, com seu topete vermelho-sangue. Ele queria amentilhos, campainhas, lírios-tochas, orquídeas. Ele queria ver as lebres correndo, os machos à caça das fêmeas, embriagados pelo seu cheiro.

Era assim que a sua lebre deveria estar, e não na forma de um monte de ossos dentro de uma caixa.

Ainda assim, quando ele tirou as folhas de jornal de cima do esqueleto, percebeu imediatamente que algumas mudanças haviam ocorrido.

As vértebras estavam conectadas por pedaços de cartilagem, e uma intrincada rede de tendões finíssimos mantinha os ossos no lugar.

Richard tentou lembrar se algumas das juntas já estavam ligadas daquela maneira quando ele tirou a carcaça do campo, mas tinha certeza de que aquilo seria algo que ele teria notado.

Ele pegou na gaveta a pinça que havia usado quando montou o esqueleto pela primeira vez e, segurando um dos ossos da canela, puxou-o cuidadosamente, até que a perna ficasse estendida. O joelho estava preso com firmeza, e a bola no topo do fêmur estava bem encaixada na cavidade da pélvis.

A vela que os Faróis haviam deixado queimou a noite inteira e ainda estava acesa na manhã seguinte. E, enquanto Juliette permanecia com aquele sorriso angelical no rosto e Harrie tentava arrancar dela o que havia acontecido, a lebre seguia mudando.

Quando Richard olhou dentro da caixa, descobriu que, além das juntas das pernas estarem conectadas, agora cada vértebra da coluna estava acompanhada por discos esponjosos cor de ameixa que se estendiam até o limite do contorno que havia feito a lápis.

Ele também viu que uma estrutura similar a um barbante, fina como algodão, havia começado a tecer seu caminho pelo túnel da vértebra e, ao jogar a luz da luminária da mesa pela cavidade orbital, notou que ela terminava dentro do crânio. No fundo da cavidade, o barbante se projetava para cima, como um fio branco, e, em sua ponta, crescia um pólipo cinza que, observado sob uma lente de aumento, parecia esculpido e moldado na forma de um minúsculo cérebro.

Ele queria levar Juliette até o escritório e mostrar aquilo para ela. Se ela queria depositar sua fé em alguma coisa, então que depositasse naquilo. Mas ele também tinha a sensação de que aquilo era uma coisa que somente ele deveria ver. E, de qualquer maneira, Juliette estava muito absorta em seus próprios pensamentos.

Muito embora fosse difícil imaginar no que ela estava pensando. Ela parecia desorientada, mas, ao mesmo tempo, arrebatada por uma serenidade peculiar. Ela não se isolava mais, mas isso também não queria dizer que quisesse falar com alguém. No fim, até Harrie desistiu de tentar e a deixou sozinha em sua silenciosa contemplação.

Ela seguiu comendo muito pouco e, naquela noite, dormiu no quarto de Ewan, como vinha fazendo nos últimos seis meses, porém não leu nenhuma história para o vazio, nem chorou no meio da noite.

Na manhã seguinte, Richard encontrou as patas da lebre sustentadas por feixes mais grossos de tendão, e o crânio entrecortado pelos ligamentos tensos que comandam os movimentos dos olhos e da mandíbula. As patas traseiras estavam carregadas de filetes robustos de músculos, frios e úmidos ao toque.

Em vez de cobrir o animal com jornal, Richard foi até o armário de lençóis debaixo da escada e tirou de lá um velho cobertor. Depois de enrolar cuidadosamente a lebre, ele a deitou dentro da caixa de papelão e a colocou perto do aquecedor.

Incubada pelo calor dos canos barulhentos, a carcaça (se é que ainda podia ser chamada desse jeito), começou a soltar um cheiro enjoativo, parecido com o de uma tábua de carne, e quando Richard olhou de novo no fim do dia, havia surgido ali uma camada de gordura, amarela e gelatinosa, como se o animal tivesse sido besuntado com manteiga.

Na próxima inspeção, a camada superior dessa geleia havia se tornado seca e lisa; e, na seguinte, pele havia começado a se formar nas patas traseiras. Por volta da meia-noite, o processo estava completo e a lebre estava coberta por uma pele pálida que, sem pelos e enrugada, lhe dava o aspecto de uma criatura recém-nascida.

Richard passou a noite inquieto no sofá ao lado das estantes, e quando saiu do escritório em meio à escuridão da madrugada, descobriu que Juliette tinha deixado seu gravador portátil ao lado da porta, junto das fitas que ela havia gravado.

Durante o dia, ela havia circulado pela casa, decidida, fosse arrumando a sala de estar ou limpando a cozinha. Ainda desconfiada daquela mudança tão brusca, Harrie questionou Richard mais uma vez sobre o que os Faróis haviam dito e feito, mas ele não fazia ideia do que dizer para ela. De todo modo, não achava que a mudança em Juliette tinha qualquer coisa a ver com a Sra. Forde, mas sim com a presença da lebre.

Toda vez que ele tirava a tampa e removia o pano, havia algo novo para se ver. Mas sempre que ele esperava que essas transformações ocorressem perante seus olhos, absolutamente nada acontecia, e ele logo entendeu que a lebre precisava da privacidade do seu casulo de papelão.

Enquanto ele trabalhava, o animal começou a consumir por inteiro seus pensamentos. Quando se ajoelhava para entrar na barraca e sentia suas coxas doendo, imaginava as ancas musculosas da lebre. Enquanto enfiava seus dedos na lama e sujava as unhas de terra, a lebre adquiria suas garras. Elas vinham em curva de dentro das almofadinhas aveludadas nas pontas de suas patas, escuras e afiadas. Não eram feitas apenas para cavar a terra, mas para brigar, e Richard imaginou a lebre de pé sobre as patas traseiras, na primavera, lutando, e seu oponente lanhado e derrotado.

À noite, a penugem discreta havia encorpado até se tornar uma camada de pelo lustroso, da cor da terra seca.

Bigodes se projetavam de seu focinho.

Os genitais inchavam, como pequenos tubérculos.

As orelhas se abriam, transformando-se de pequenos botões de cartilagem em talos compridos e grosseiros.

Procurar uma explicação para tudo aquilo lhe pareceria ingrato. Havia uma benevolência extrema se manifestando ali, e ele sentiu que questionar aquela restauração talvez comprometesse a sua conclusão. Ele não estava confuso. Havia testemunhado tudo que acontecera, bem ali na sua frente. Ninguém estava lhe pedindo que acreditasse, apenas que observasse e prestasse atenção no que estava sendo mostrado. A primavera se aproximava. Logo, só o novo existiria.

No despertar da manhã seguinte — quatro dias desde que a Sra. Forde e os Faróis haviam estado lá —, um tordo cantava do lado de fora da janela, e a sucessão repentina daquelas notas parecia acelerar as mudanças que ocorriam na lebre. Richard ficou constrangido por estar finalmente testemunhando um processo de reconstrução que, até aquele momento, tinha sido tão confidencial, mas, mesmo assim, ele não conseguia tirar os olhos da caixa.

Quando sentou-se para assistir, alguma coisa borbulhou dentro de uma das cavidades orbitais e, usando a lente de aumento mais uma vez, ele viu pequenos pontinhos brancos se proliferando como mofo no nervo óptico. Eles foram engordando e se fundindo e, da mesma forma que uma pérola se forma a partir de um grão de areia, brotou um olho, branco leitoso. Durante um tempo, a lebre pareceu estar cega, mas então começou uma manifestação gradual de cor, e a órbita em branco ficou primeiro amarela, e depois laranja, antes de se aprofundar na direção de uma tonalidade mais escura, cor de mel. Em seguida, como se uma gota de tinta tivesse sido pingada sobre a córnea, o círculo preto da pupila foi se alargando e alargando até que a lebre estava olhando para ele.

Richard ficou ali sentado por algum tempo antes de colocar a mão sobre o animal. Ainda estava frio debaixo do pelo. Não havia nenhum pulso de vida dentro de seu peito. Se ele levantasse a lebre, seu corpo desabaria, amolecido.

O ato de tocar sua pele de repente lhe pareceu uma profanação. Ele tirou a mão de cima do animal, torcendo para que não tivesse proporcionado um fim prematuro à sua ressurreição. Pareceu-lhe prudente deixá-la em paz por mais algum tempo, então ele cobriu gentilmente o animal com o cobertor antes de colocar a caixa perto do aquecedor novamente. Com alguma relutância, fechou a porta e rumou para o campo.

Pelo resto do dia, enquanto usava a espátula para escavar a terra, agachado na barraca, havia uma sensação avassaladora de iminência, de alguma coisa chegando muito perto de sua conclusão.

E quando a vela na cozinha finalmente se apagou, tudo transbordou.

Quando voltou para casa no fim da tarde, cansado e com frio, Richard encontrou o cobertor da lebre vazio no chão do escritório.

A sensação de estar sendo observado era tão intensa quanto o odor de urina e de pelo bolorento, e, quando Richard fechou a porta às suas costas, a lebre emergiu de baixo da escrivaninha, tão grande e ágil quanto um gato.

Ele se mexeu lentamente, mas o animal disparou pelo tapete na direção do aquecedor e depois de volta, apenas para partir em retirada quando o avistou mais uma vez.

Procurando o lugar mais escuro que pôde encontrar, a lebre se enfiou entre a estante e o gabinete de arquivos, seus olhos úmidos grudados nos dele, suas patas traseiras engatilhadas. Richard sentiu sua pulsação aumentar e seus nervos se eletrizarem com a possibilidade de a lebre fazer um movimento repentino de ataque em sua direção por pânico ou defesa. Portanto, foi com movimentos suaves e graduais que ele se agachou e foi deixando que seus olhos se acostumassem ao escuro.

A lebre não havia renascido num estado de saúde perfeita, mas sim na idade em que estava quando morreu. Perto do focinho, seu pelo era cinzento, e ela tinha o rosto magro de um animal embrutecido pelo clima do norte. E também pela solidão. Uma lebre macho que nunca teve uma tribo para comandar, que não tinha uma toca escura abarrotada de membros da família. Ele tinha vivido por conta própria e, ao fazer isso, havia adquirido uma compreensão mais profunda do mundo. Ele sabia quem os homens eram, e o que faziam.

Abaixando a cabeça, porém mantendo Richard em seu campo de visão, ela mordiscou alguns farelos no chão, antiquíssimos. Estava faminta. É claro que estava.

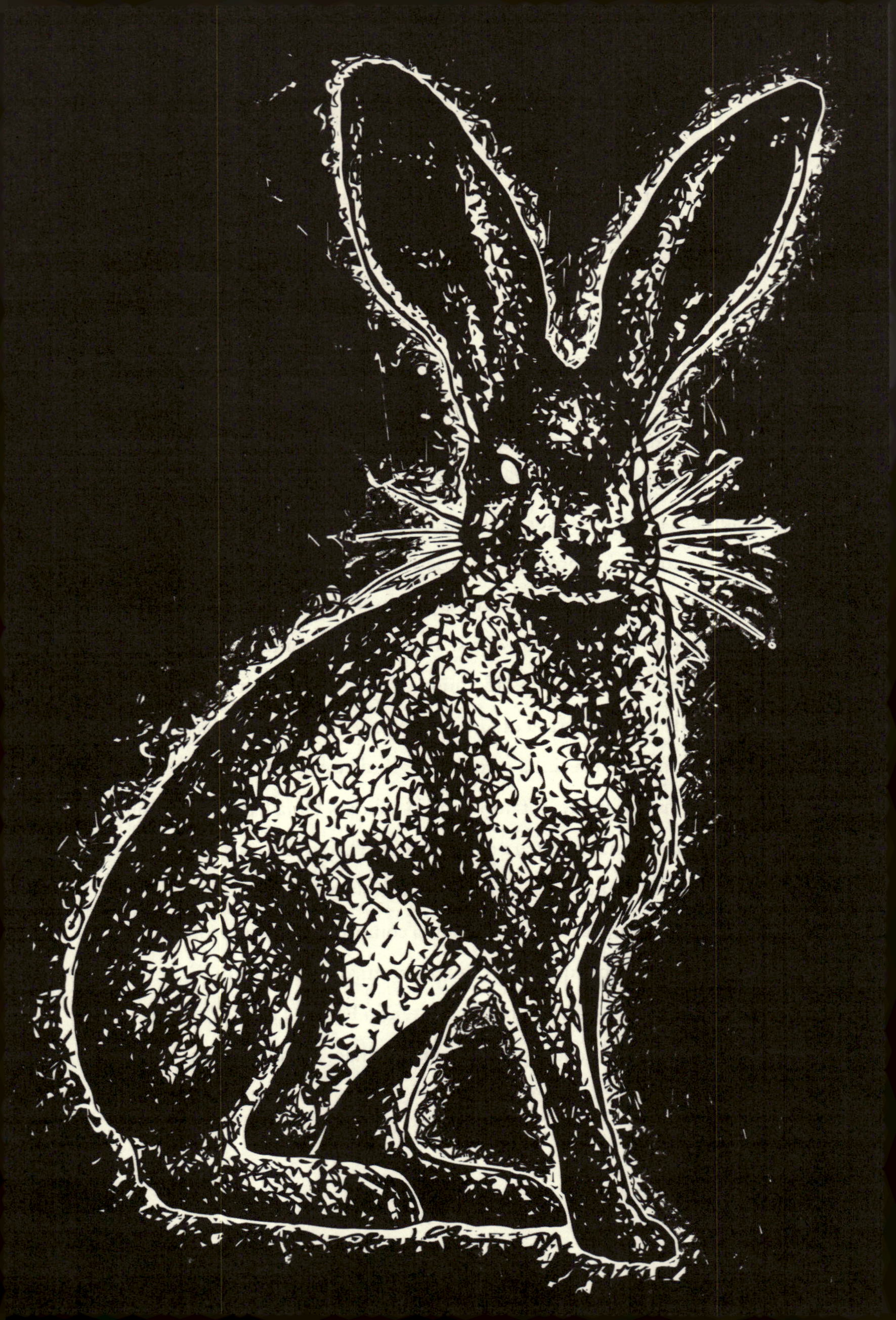

No andar de baixo, Richard se abasteceu na lixeira da cozinha com os restos de vegetais da última refeição que Harrie havia feito, juntando uma tigela cheia de cascas de cenoura e folhas de repolho. Da estante onde ficavam os cereais, ele pegou um pote de vidro com aveia.

A lebre permaneceu bem onde ele a havia deixado, ainda observando, ainda preparada para sair correndo a qualquer momento. Sem se aproximar muito, Richard esparramou a comida pelo chão. Embora provavelmente estivesse com fome, o animal não se mexia, então ele se sentou à escrivaninha e começou a ler tranquilamente, torcendo para que o silêncio a encorajasse a sair de seu esconderijo para comer. Uns dez ou quinze minutos depois, a lebre começou a se esgueirar para fora, rastejando bem rente ao chão, suas orelhas pressionadas sobre as costas.

Parte de seu nervosismo havia se dissipado, mas o animal ainda estava tenso. Richard lhe deu mais espaço, como que em reverência, e afastou-se para observar tudo do sofá. Ele havia se sentado ali com Ewan tantas vezes que o menino era facilmente evocado pelo cheiro acre do couro. Mas naquela noite ele estava abafado e indistinto.

Nos últimos meses, Richard vinha se sentindo como se sua mente fosse um rio correndo por entre pedras, espalhando-se em muitas direções, e em cada uma delas se chocando e ricocheteando sem parar até que ele estivesse exausto. Agora havia paz.

Ele ficou encarando os olhos alertas e brilhosos da lebre até cair no sono.

Quando acordou, ainda no sofá, o dia já estava claro, e as garras da lebre faziam barulho contra a janela. Ela raspava e arranhava, embaçando o vidro com sua respiração enquanto olhava para o campo e o bosque, desejando intensamente estar lá.

Do lado de fora, o primeiro dia de calor do ano estava começando a derreter a neve no quintal da frente. Os freixos pingavam e os tetos dos carros na garagem tinham uma bruma de umidade que ia evaporando. Sob a luz do sol, as superfícies de madeira e pedra reluziam. Era quase cegante olhar para a estrada. Mas o mais impactante eram os pássaros, pensou Richard. A surpresa deles. Nas profundezas do bosque, eles cantavam alto com alegria, mas também com espanto, como se depois de um longo inverno tivessem descoberto que suas canções eram grandes demais para os seus bicos, e agora não conseguissem evitar espalhá-las por todo o campo.

A lebre olhava pela janela, seus olhos acompanhando todos os movimentos lá fora. Richard sabia, desde que ela havia rastejado da escrivaninha, que ela não poderia ficar ali por muito tempo. Mantê-la trancada seria cruel. Aquela pobre criatura não sabia que havia se transformado numa parábola. Ela só queria comer.

Mas ela teria de esperar até escurecer. Soltá-la de volta no campo fraca e desnutrida em plena luz do dia faria dela uma presa fácil para as raposas e as gralhas. Ao mesmo tempo, a questão de como ele a levaria para lá era complicada de resolver. Ele não acreditava que a lebre lhe permitiria carregá-la, e a caixa na qual ela havia dormido tinha sido destroçada em seu despertar.

No galpão, atrás de uma pilha de tábuas de cerca que ele pretendia quebrar para transformar em lenha para o fogão, Richard encontrou alguns caixotes de frutas que Juliette pegava no Cannon's para usar para acender o fogo. Duas delas colocadas juntas formariam uma gaiola temporária, que poderia ser usada para transportar a lebre para fora de casa. Mesmo assim, aquele era um animal enérgico, e ficaria ainda mais forte quando estivesse tomado pelo medo e pela adrenalina. A menos que a tampa fosse presa de alguma forma, ela poderia facilmente se libertar, o que fez com que Richard cortasse alguns pedaços de arame, que usaria para prender os dois caixotes assim que a lebre estivesse lá dentro. E colocá-la lá dentro, para começar, não seria fácil. Por mais duro que fosse, ele teria que fazer o bicho passar fome por algumas horas para que pudesse ser atraído com comida mais tarde.

A neve continuou a derreter pelo resto do dia, fazendo com que o telhado soltasse grossas fatias de gelo, que despencavam diante das janelas. No campo, a trajetória do sol estava marcada por uma larga faixa exposta de terra molhada, que, quando caiu a noite, adquiriu a resplandecência característica da água, fazendo com que a barraca de Richard parecesse um navio tombado. Eram seis da tarde, e o sol começava a se por. A lebre estava agitada há horas, e agora havia se dirigido mais uma vez para a porta, arranhando a madeira. Ela já havia esperado o bastante.

Richard deitou os caixotes de lado, posicionando-os no formato de uma pinça, e criou uma trilha de repolho para atrair a lebre em sua direção. Ele desligou a luminária da mesa e a lebre veio saltitando e cheirou as folhas, comendo como ela faria na natureza, retornando para um estado de vigilância a cada poucos segundos — olhando ao redor, mastigando, olhando de novo. Após um tempo, ela se aproximou dos caixotes e enfiou-se entre eles para chegar até a aveia. Richard esperou que ela se curvasse para dar mais uma bocada, e então saiu rapidamente de sua cadeira para juntar as duas caixas.

Percebendo que havia sido capturada, a lebre entrou em pânico, chutando e batendo com as patas traseiras. Enquanto Richard prendia os arames, ela começou a produzir um ruído gutural, e a enfiar o focinho por entre as frestas, suas narinas inflando, seus dentes mastigando a madeira. Eles eram afiados o suficiente para arrancar lascas e farpas das caixas, e, ciente de que seus dedos poderiam ser os próximos, Richard enrolou a gaiola improvisada com o cobertor da lebre antes de levantá-la do chão.

O animal era ainda mais pesado do que ele esperava, e Richard precisou ajustar a posição da gaiola e equilibrá-la diversas vezes enquanto descia as escadas.

Harrie estava na cozinha e, ouvindo-o descer de maneira atrapalhada, perguntou:

— Jules, é você?

Antes que ela pudesse vê-lo e começasse a fazer perguntas, porém, Richard abriu a porta da frente com o cotovelo e a fechou com o pé.

Comparado ao pôr do sol escarlate e fugaz que presenciaram durante todo o inverno, aquela noite estava demorando para chegar. Nas planícies, a lua ainda permanecia desbotada, e as colinas seguiam tingidas pela luz do sol. O ar estava gelado, porém revigorante, preenchendo os pulmões com um frio purificador.

Richard tentou desviar das poças de água na pista, mas não conseguiu evitar uma particularmente grande, e chegou ao portão com os pés molhados. Do lado de fora, a terra tinha sido amolecida pela neve derretida, e ele precisou diminuir o passo para não escorregar. Caminhar em linha reta se tornou uma missão impossível, de modo que ele começou a andar em zigue-zague em busca de um terreno mais compacto, segurando a gaiola contra o peito e procurando mantê-la nivelada.

Perto da barraca, ele parou e apoiou os caixotes no chão, tomando cuidado para não machucar o animal. Embora seu coração estivesse funcionando como um pistão movido a sangue quente, sua ressurreição tinha dependido de tantos milagres complexos que ela ainda lhe parecia frágil.

Agora que a lebre tinha pressentido sua liberdade, ela arranhava a madeira com força, fazendo Richard trabalhar mais rápido para soltar os arames. Assim que se abriu uma brecha, ela enfiou o nariz por ali e partiu em disparada rumo à primeira coisa que viu pela frente, que era novamente a casa. Antes que pudesse ir muito longe, Richard bateu palmas, e a lebre virou-se e saiu correndo na direção do Bosque de Croften, esticando seu corpo esguio num voo perfeito.

Richard a acompanhou com os olhos até onde pôde, até ela desaparecer por entre as árvores.

Ele duvidava que a veria de novo. Não havia nada que a lebre pudesse comer ali no campo. Ela encontraria uma toca escura em meio às ervas rasteiras e os arbustos, depois, se fosse minimamente sensata, cruzaria o riacho e iria até o campo de feno dos Westbury. Quando chegasse o verão, os lólios e as taboas cresceriam à sua volta, densos como uma floresta.

Richard ficou olhando por mais alguns minutos, para tentar capturar um último vislumbre do animal, mas ele já havia se transformado numa daquelas sombras itinerantes que se moviam conforme o vento ia batendo nas árvores. Havia retornado a padrões de vida impossíveis de serem compreendidos: onde cada movimento e cada som tinham significado, e nada poderia ser ignorado — nem o farfalhar de uma folha, nem o cheiro da terra, nem o som dos pássaros conversando pelo bosque. Mas Richard ficou se perguntando se a lebre também sabia, como ele, que a primavera era sempre uma *dádiva*. Que era um convite para assistir ao mundo se movimentando, e também para estar entre os seus tremores. Ali, no campo, os primeiros choques da estação começavam. Ele podia senti-los e ouvi-los. Entre os trilados e assobios dos melros, ele percebeu o barulho de uma enxurrada de água. Era o riacho correndo mais uma vez, libertado de suas presas de gelo.

Durante o inverno, ele era capaz de andar quase um quilômetro subindo o riacho sem ouvir sequer um rangido ou estalo da água. Todo ano era igual. Ewan sempre achou divertidíssimo ficar no meio da corrente, sentindo o chão virando concreto debaixo de seus pés. Mas, ao fim do primeiro semestre na escola, ele não queria mais fazer nada daquele tipo. Em casa ele ficava distante; na aula, mal-humorado e letárgico, e — sua professora havia se queixado — sem a menor disposição de participar dos ensaios da peça de Natal.

Com sua opinião sobre Ewan influenciada pelo que havia acontecido com Susan Drewitt, Richard supôs que a Srta. Clarke estava exagerando, mas, na tarde da apresentação no salão da escola, Ewan interpretou um pastor incontestavelmente apático. Enquanto os outros ofereciam efusivamente suas ovelhas para o Menino Jesus, ele ficava pelos cantos, riscando o palco com a ponta do seu cajado. Ele não fez a reverência no fim da canção natalina e permaneceu em silêncio no trajeto de volta para casa, apesar das tentativas de Richard e Juliette de animá-lo com elogios.

Chegaram as festas de fim de ano, as temperaturas despencaram e, à base de muita persuasão, Richard fez com que Ewan fosse ver o riacho congelado. É claro que, ao chegar lá, ele se divertiu tanto quanto Richard prometeu que se divertiria. Deslizou no gelo, desafiou sua firmeza com socos e chutes e se entreteve ouvindo o eco de sua voz pelo bosque invernal. Depois, voltando para casa para almoçar, começou a nevar, e Ewan soltou a mão de Richard e começou a correr de um lado para outro, tentando pegar os flocos.

No fim da tarde, todo o Vale de Croften estava coberto, e Richard e Juliette levaram Ewan de novo para o campo, para fazer um boneco de neve.

Talvez fosse apenas a novidade de encontrar o lugar tão alterado pelo clima, mas não demorou muito para que o menino parecesse ter redescoberto a alegria de brincar ali.

Era a escola, pensou Richard. Essa era a fonte da sua infelicidade. A escola não tinha como servir para todas as crianças. Especialmente para uma criança como Ewan, que se esforçava para acompanhar os colegas. Num lugar pequeno como o Holy Cross, aquilo também era mais perceptível. Talvez fosse melhor matriculá-lo numa daquelas escolas primárias maiores em Skipton. Ou talvez Juliette pudesse educá-lo em casa. Mas ele sabia que ela seria resistente a qualquer uma daquelas sugestões. Para ela, a escola do vilarejo era um dos detalhes que reafirmavam a qualidade da vida no campo, junto com as faixas na festa da primavera, o som distante dos sinos da igreja aos domingos, ovelhas brancas nas encostas verdes, e isto — seu próprio campo coberto de neve dois dias antes do Natal.

A bola que ela e Ewan vinham rolando ladeira abaixo havia adquirido um volume considerável quando chegou à parte plana do terreno. Eles davam batidinhas e esfregavam a massa de neve para alisá-la, enquanto Richard fazia a cabeça do boneco. Naturalmente, Juliette tinha vindo prevenida, e dos bolsos do casaco de lã ela tirou e entregou a Ewan uma cenoura e alguns pedaços de carvão que havia pegado no balde ao lado da lareira. Richard o pegou no colo e ele montou o rosto, escavando cuidadosamente a boca até que estivesse com a forma adequada de um sorriso. Agora, tudo que o camarada precisava era de um chapéu e um cachecol, e Richard foi importunado por ambos, até que resolveu compartilhar os que estava usando. Seu protesto soava perfeitamente legítimo: ora, um boneco de neve precisava ficar frio para não acabar virando uma poça d'água! Mas Ewan lhe lançou um olhar implicante — era idêntico ao de Juliette — e a lógica foi atropelada pela estética.

— Ele precisa estar vestido, papai.

— Mas e se eu congelar por isso?

Ewan deu de ombros. Regras eram regras. E depois da guerra de bolas de neve que se sucedeu, Richard foi cambaleando de volta para a casa, incapaz de sentir as orelhas e o pescoço.

Na frente da lareira, com um copo de uísque, o frio diminuiu, mas Juliette queria fazer o papel de enfermeira, e ele aceitou de bom grado. Ela ficou esfregando suas mãos até que ele voltasse a senti-las e, após colocar Ewan para dormir, encheu a banheira para os dois. O instante de satisfação que ele experimentou quando ela tirou sua camisola e encostou seu corpo no dele naquela água quente permaneceu pelo resto da noite. Na verdade, era mais do que satisfação. Era o alívio de não ter de pensar no futuro de Ewan, pelo menos por enquanto. Aquele fim de tarde no campo tinha provado que ele ainda poderia ser feliz. Que ele ainda poderia ser o garotinho deles.

§↪

Eles se lavaram, se secaram, fizeram amor e dormiram fácil e tranquilamente. Era a primeira vez que Juliette descansava em semanas, e ela nem se mexeu quando Ewan levantou na manhã seguinte e desceu as escadas.

Richard ficou deitado na cama ouvindo-o andar na ponta dos pés pelo corredor, e depois abrir e fechar a porta da frente com a furtividade de um ladrão em fuga.

Indo até a janela, ele observou Ewan atravessar a neve a passos largos em suas galochas. De forma bastante inocente, o garoto parou à beira da estrada para checar se algum carro estava vindo, mesmo que aquela fosse a manhã mortalmente silenciosa de Natal, e o asfalto estivesse debaixo de mais de meio metro de neve.

Na cama, Juliette respirou profunda e longamente e esticou-se debaixo da coberta. Richard ficou feliz por ela ter continuado deitada. Se ela visse Ewan, já estaria batendo na janela e dizendo para ele voltar para dentro de casa. Era melhor deixar o menino sair por aí para explorar. Não era exatamente aquilo que Juliette queria? Que ele fosse um garoto do campo que saísse por aí nas manhãs de inverno e aprendesse tanto (senão mais) em meio aos prados e urzais quanto na sala de aula?

Descendo a ladeira, Ewan seguiu a linha da vala que ele e Juliette tinham aberto durante a construção do boneco de neve, e parou debaixo da sombra enorme do gigante. Dali ele seguiu em direção ao bosque, recolhendo gravetos pelo chão. O boneco de neve precisava de braços. Talvez de uma vassoura, também.

Os gravetos se acumularam, e Ewan voltou pisando nos buracos de suas botas e largou a pilha toda aos seus pés. Enquanto ia separando o que havia recolhido, ele parecia tentado a olhar para trás, na direção do meio do campo, como se estivesse vendo o carvalho novamente, como se ele estivesse à sua espreita.

Da pilha no chão, escolheu um galho bem longo e o quebrou no meio com o joelho, como tinha visto Richard fazendo para usá-los para acender um fogo.

Quando tentava chegar à lateral do boneco de neve, ele tropeçou de leve, caiu e se levantou, ajustando seu gorro de pompom de modo que pudesse enxergar com clareza onde estava colocando o galho. Com as duas mãos, enfiou-o no ombro do boneco de neve, mas não parou até que ele saísse pelo outro lado. Fez o mesmo com os outros galhos, perpassando cada um deles em seu tronco, transformando o boneco de neve em São Sebastião. Depois, segurando as duas pontas do cachecol de Richard, puxou até que a cabeça fosse decepada e caísse no chão.

Richard teria mantido Juliette afastada da janela, mas ela levantou da cama tão silenciosamente que ele não havia percebido até que ela já estava ao seu lado, abrindo o outro lado da cortina. Naquele momento, Ewan estava quebrando o nariz de cenoura e destruindo o sorriso do boneco.

Aquilo não era nada, ele lhe garantiu. Ewan estava apenas fazendo com o boneco de neve o que outras crianças faziam com seus castelos de areia. Mas ela já estava se vestindo.

— Você deixou ele sair sozinho? — disse ela. — Você ficou assistindo ele fazer tudo isso?

De casaco e botas, ela atravessou a estrada em direção ao campo e ele a seguiu, repetindo o que dissera no quarto. Ela estava exagerando. Não havia nada de errado. Era melhor deixá-lo em paz. Mas assim que chegou até Ewan, Juliette o segurou pelo braço e começou a dar-lhe tapas na bunda até que ele chorasse tão alto quanto ela imaginava que ele merecia. Tentando colocar-se entre eles, Richard fez o que pode para argumentar com ela, mas ela estava enfurecida e histérica demais para escutar e saiu arrastando o menino pela neve de volta para casa.

Não fazia mais sentido esperar ver a lebre agora que estava escuro, e Richard recolheu as duas caixas que havia usado para remover o animal do seu escritório. Elas fediam a urina azeda e estavam arranhadas e mordidas em lugares suficientes para que a madeira tivesse se rompido. Felizmente ele não tinha precisado ir muito longe. Mesmo assim, aquela demonstração de força tinha sido intensa. Ele raramente tinha chegado tão perto de uma energia tão bruta. Estava feliz de ter visto a potência que havia imaginado nos ossos ser liberada numa explosão tão enfática. Aquilo também devia ter sido positivo para a lebre. Conhecer-se novamente; entregar-se à escuridão mais uma vez.

Enquanto Richard escutava o fluxo do riacho, a lua havia ultrapassado a copa das árvores, e a noite começava a se encher de estrelas. Ele não queria voltar para casa ainda, então voltou para a barraca, deixando a porta aberta para que pudesse sentir a noite ali dentro, junto com ele.

Sob o leve ronco da lamparina a gás, foi até o outro lado da vala e continuou a escavar cuidadosamente com a ponta da espátula. Na terceira ou quarta escavada, a lâmina atingiu algo duro, arrancando uma lasca. Afastando a terra com o polegar, Richard viu que era um pedacinho de madeira e, enfiando os dedos no buraco, começou a tatear um pedaço de raiz debaixo da superfície.

Pela próxima hora, ele foi escavando, deitado de bruços para produzir uma cavidade, removendo o barro com suas mãos.

A raiz cortava o retângulo numa diagonal, descolorida pela escuridão da terra e do tempo. Se ela pertencia ao Carvalho de Stythwaite era impossível dizer num primeiro olhar. Sabia-se tão pouco sobre o que havia de fato acontecido aqui ao longo dos últimos séculos que a história daquele campo era, em sua maior parte, um conjunto de hipóteses. Ele parecia infértil agora, mas há quanto tempo era esse o caso? Não havia nada que apontasse que uma outra árvore não pudesse ter crescido e morrido aqui em algum momento. Uma amostra daquilo que ele havia acabado de descobrir teria de ser analisada para se ter certeza, mas, se aquilo fosse parte do Carvalho, ele provavelmente ainda estava cavando longe de onde ficava o tronco. A raiz não era particularmente volumosa, levando em conta as supostas dimensões da árvore. Mas poderia ter sido formidavelmente grossa um dia, e depois ter encolhido até esse ponto.

Naquele momento, ele traçou a seguinte estratégia: rastrear cada ramificação encontrada até a sua fonte, tanto quanto fosse possível, e, pouco a pouco, tentar descobrir onde a árvore poderia ter crescido.

Após limpar as mãos nas calças, ele fez algumas anotações em seu caderno e escreveu "Tá mal equipado, Willoughby!", sublinhando duas vezes. Aquilo era verdade. Ele não tinha uma câmera com ele, nenhum mapa para registrar o que havia encontrado. Aquilo o pegara de surpresa. Suas escavações eram apenas uma distração, e o fato de efetivamente encontrar alguma coisa tinha, de repente, tornado tudo mais complicado.

Ele ficou sentado por um tempo olhando para a raiz, fazendo planos de onde cavar em seguida. Será que precisaria de uma segunda barraca? Mais lona para estender sobre cada nova área de escavação? Como evitaria que as raízes secassem? Ele achou que deveria entrar em contato com Stella e pedir sua opinião; aquela era sua área de especialização.

Ela também era boa estrategista, e Richard sabia que ela o incentivaria a usar o que ele havia encontrado a seu favor e virar a mesa no jogo de poder com a universidade. Eles tinham chamado aquela expulsão temporária de "licença para pesquisa", mas na verdade não esperavam que ele fosse fazer qualquer coisa além de ficar de luto por Ewan. Se Richard pudesse provar que vinha fazendo com seu tempo exatamente o que lhe tinham sugerido, eles teriam pouquíssimos motivos para continuar mantendo-o afastado. Teria de haver algum tipo de recompensa pela sua obediência.

Ele sabia que Stella ficaria do seu lado naquela briga, mas não sem certas garantias em relação a Juliette. Ela gostaria de ter a certeza de que ela estaria bem o suficiente para ser deixada sozinha quando Richard retornasse ao campus.

Juliette estava diferente; isso ele poderia dizer. Mas de que jeito descreveria a forma como ela havia mudado seria algo trabalhoso. Seu comportamento estava tão insólito. Ele havia percebido nela traços do instinto maternal que ela manifestara antes de Ewan nascer, mas agora era muito mais errático. Ele a flagrava consertando alguma coisa — a maçaneta de uma porta, um prato quebrado —, daí, cinco minutos depois, estava removendo ervas daninhas de um canteiro de flores no jardim. Ela deixava o rádio muito alto na cozinha enquanto esfregava o chão, e quando ele descia para desligá-lo, encontrava-a andando lentamente pelo corredor, em meditação silenciosa. Ele tentava conversar com ela nestas ocasiões, mas ela não lhe dava nenhuma outra resposta além de um sorriso plácido. Será que ele poderia dizer, assim, que ela estava feliz?

Quando Richard voltou para casa, Harrie já estava na porta da frente, procurando por ele.

— É a Juliette — disse ela, assim que ele entrou.

— O que tem ela? O que houve?

— Vai lá — disse ela, olhando para as escadas. — Vai lá ver.

Ele subiu as escadas, e Harrie veio atrás.

— Continue — indicou ela, ao chegarem ao fim do primeiro lance.

Ele conseguia ouvir Juliette no andar de cima, andando, e o som de coisas sendo arrastadas. Quando chegou ao quarto de Ewan, a porta estava aberta, mantida daquele jeito por um de seus maiores ursinhos de pelúcia, e Juliette estava tirando as velhas caixas de quebra-cabeças de cima do armário.

— Eles estão sempre precisando de doações na igreja — disse, e voltou para o que estava fazendo.

Harrie tocou o ombro de Richard e sussurrou em seu ouvido:

— Vá lavar as mãos. E depois volte para ajudá-la.

Ao longo da noite, falando apenas sobre coisas práticas relacionadas ao que faziam, eles removeram o colchão no qual Juliette vinha dormindo e levaram todos os espelhos de volta aos lugares aos quais pertenciam. Harrie tirou os lençóis da cama de Ewan e os levou para baixo, para serem lavados junto com as roupas que estiveram penduradas no armário nos últimos seis meses. Pares de luvas foram refeitos, o pó espanado de gorrinhos de lã. Sapatos foram postos dentro de uma sacola de compras e encostados numa parede, como um saco de batatas.

Richard não conseguiu entender exatamente o que tinha feito Juliette resolver lidar com aquilo agora. Ele ficou esperando a noite inteira que ela percebesse a enormidade de sua decisão e resolvesse interromper o processo, mas, aparentemente, após ter embarcado naquela tarefa, ela queria concluí-la da maneira mais rápida e completa possível. Ele também estava surpreso consigo. Por ter passado mais tempo no quarto de Ewan do que havia feito em meses, ele temia ficar atormentado. Mas, com a chegada da primavera, as memórias haviam realmente começado a parecer coisas do passado. Quando o menino lhe vinha à mente agora, não era mais com a mesma intensidade. Em vez de sufocá-lo, ele estava nas margens de seus pensamentos, que era o lugar adequado para os mortos. O único lugar. E colocar aquele quarto dentro de uma caixa faria com que ele também ficasse lá.

— Posso começar com os brinquedos? — disse Richard, ajoelhando-se perto da janela para recolher os dados, cartas, sementes e dominós espalhados pelo chão.

Suas fantasias estavam todas enfiadas dentro de um cesto de vime, e era melhor que permanecessem dessa maneira. A próxima criança que as recebesse não ia gostar que tudo combinasse perfeitamente. Ela gostaria mais de tirar as coisas de lá a esmo, como Ewan fazia, e combinar um traje de astronauta com um cocar de índio, ou correr pelo jardim vestida metade de Zorro, metade de Robin Hood.

Depois de deixar o cesto no topo da escada, Richard retornou ao quarto para recolher o restante das coisas — carrinhos e blocos de montar e dinossauros de borracha. Por fim, ele se ajoelhou ao lado do trenzinho e começou a desmontá-lo, removendo a estação e a torre de água, separando a locomotiva de sua frota de vagões amarelos. Os trilhos foram se destacando perfeitamente, peça por peça, até que apenas sua silhueta ficou ali, delineada pela poeira no tapete.

Ele fechou a caixa, lacrou-a com fita adesiva e escreveu na tampa com um marcador. Em pouco tempo, havia outras caixas enfileiradas

— LIVROS, URSINHOS, JOGOS, CARRINHOS —, que eles levaram até a área de serviço.

— A gente podia levar algumas coisas para a igreja amanhã — comentou Juliette.

Harrie concordou.

— Se você quiser — disse ela, hesitante, tentando fazer com que aquilo parecesse algo espontâneo, e sugeriu que os brinquedos talvez pudessem ser doados à ala infantil do hospital. — Você poderia levá-los quando voltar para o trabalho.

— Sim — disse Juliette. — Acho que eu posso fazer isso.

Por volta da meia-noite, o quarto de Ewan estava vazio, exceto pela cadeira de balanço e pela pequena cama de madeira. Juliette varreu e passou o aspirador no cômodo, e Harrie removeu o pó acumulado nas janelas. Tudo que restava a fazer era retirar o nome colado na porta, e Richard arrancou o E, o W, o A e o N com uma chave de fenda.

Um por um, os três chegaram ao fim de suas tarefas individuais e se encontraram no alto da escada.

— Meu Deus, estou faminta — disse Juliette. — É muito tarde para comer?

— Que nada — disse Harrie. — O que você quer? Eu faço o que você quiser. É só dizer.

— Qualquer coisa. Tudo.

— Tá bom — disse Harrie, descendo em direção à cozinha. — Vai ter alguma coisa na mesa quando você estiver pronta.

— Ainda tem um pouco de tinta branca no galpão, não tem, Richard? — disse Juliette.

— Acho que sim — respondeu ele.

— Eu queria pintar tudo de branco — disse ela, olhando para as paredes cruas do quarto. — Como ele era.

— Tudo bem.

— A gente pode pintar amanhã. Eu e Harrie.

— Se é isso que você quer.

— É sim — disse Juliette, desligando a luz. — Eu quero que pareça com um quarto de bebê.

Richard a imaginou grávida novamente, toda peitos e barriga. Esperando uma menina, dessa vez. A semente de uma família de verdade.

Ewan ainda estaria ali com eles, é claro. Haveria fotografias para mostrar e histórias para contar a Linda, Jason, Bobby e Jo assim que eles tivessem idade suficiente para entender que a morte tinha visitado Starve Acre e que aquilo era uma coisa que acontecia às vezes.

A morte tinha vindo, mas ido embora depois.

E talvez Juliette tivesse finalmente percebido que ela não precisava mais ser tão subjugada por tudo aquilo. Não havia motivo para que eles não pudessem fazer com que Starve Acre fosse o centro da vida dos Willoughby, como sempre haviam planejado.

Richard sentiu como se o passado estivesse recuando, como a maré. A lebre havia trazido a primavera de volta. A pior parte do seu sofrimento havia passado. Talvez eles tivessem sobrevivido.

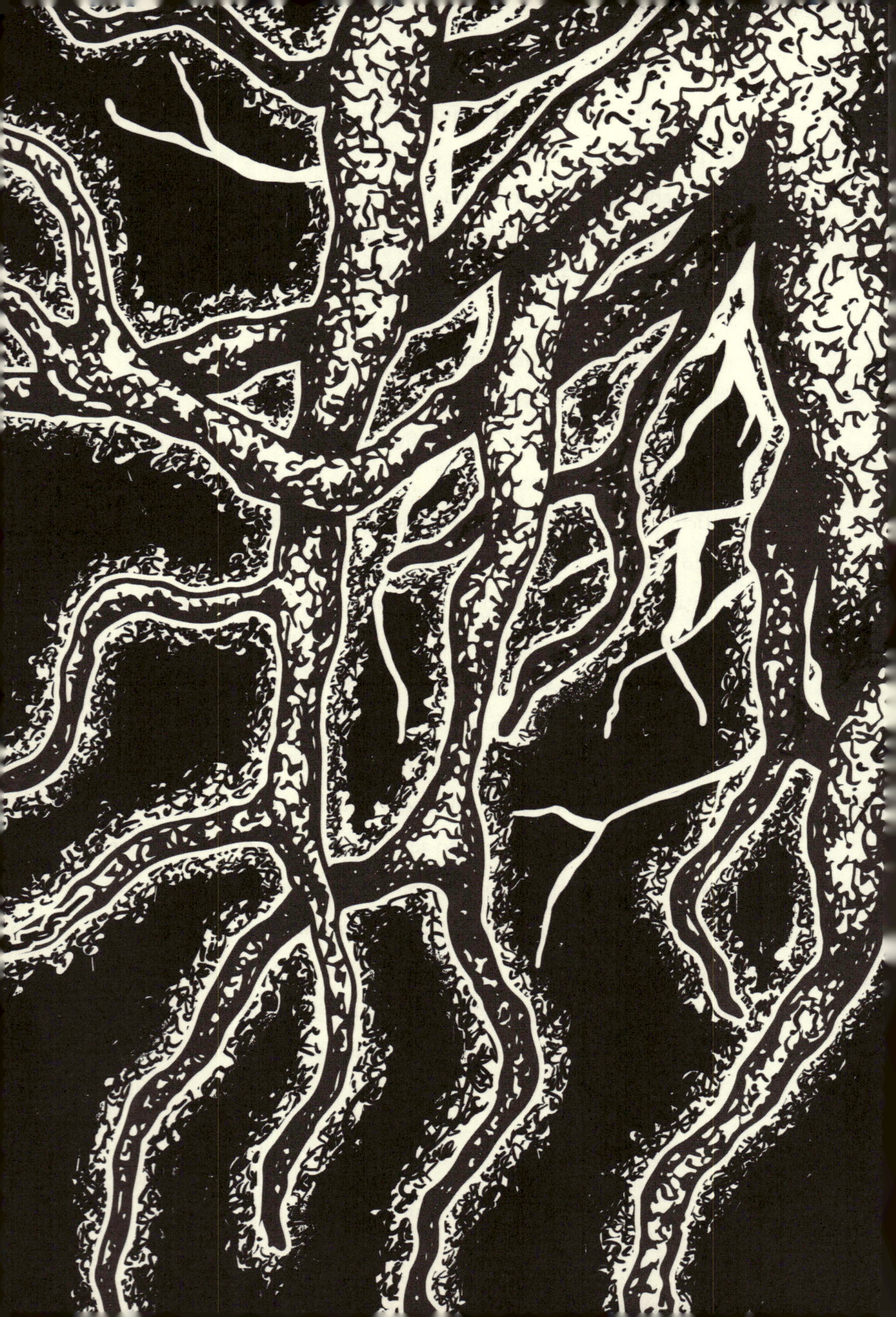

PARTE 2

Apesar de ter esvaziado o quarto de Ewan, ainda era cedo demais para que Juliette se retirasse por inteiro dali. Ela passou a noite na cama do menino, e dormiu bem. Richard também. Seu ombro não foi sacudido por ninguém; nada de Juliette sussurrando em seu ouvido sobre os passos que ouviu nas escadas ou sobre a vozinha cantando no jardim.

De manhã, ela se levantou antes dele, e Richard a encontrou conversando com Harrie no que ele entendeu que agora deveria voltar a chamar de quarto do bebê. Parte dele ardia de preocupação com o fato de ela haver mudado de ideia do dia para a noite, mas o desmanche tinha sido tão completo que recolocar tudo de volta em seu lugar a esta altura seria uma tarefa ainda mais árdua. E qual seria o sentido? Sua desordem jamais poderia ser recriada com perfeição.

— Vou buscar os pincéis — disse Harrie, e desceu as escadas.

— Acho que a gente deveria trazer o berço de volta para cá — disse Juliette. — Eu poderia passar uma demão de tinta depois que terminar de pintar as paredes.

Richard concordou, feliz por ela estar ditando o passo, e a seguiu até o quarto principal, onde, por vários anos, o antigo berço de Ewan, feito a mão, esteve encostado numa parede, esperando ser ocupado.

Quando entraram no quarto, Juliette pôs a mão no ombro dele, e por um instante ele achou que ela talvez fosse fechar a porta, virar a chave e querer... Mas ela foi até o berço e tentou avaliar seu peso.

— É mais pesado do que eu me lembrava — comentou.

Com Richard puxando e Juliette empurrando, eles conseguiram cruzar o corredor, conduzindo o caixote de pinho maciço até o quarto do bebê, onde ele ficava quando Ewan era pequeno.

Harrie subiu as escadas vestindo uma camiseta velha de Juliette e trazendo latas de tinta.

— Vamos pintar primeiro esta — disse Juliette, passando a mão sobre o desenho na parede.

— Tem certeza? — disse Harrie. — Depois de todo o trabalho que vocês tiveram.

— Não importa — respondeu Juliette. — Eu quero que tudo isto desapareça.

Harrie deu um beijo em sua bochecha e elas começaram a pintar por cima do dragão que vivia nas nuvens.

No escritório, Richard enroscou uma folha de papel na máquina de escrever e começou a redigir uma carta para Stella. Ele escolheu as palavras com cuidado, mencionando o que encontrou no campo, mas sem fazer nenhuma menção à lebre.

Ele disse tudo que podia sobre o Carvalho de Stythwaite e releu o que havia escrito. Precisava fazer uns poucos ajustes. Com uma caneta, sublinhou as frases que poderiam ser melhor elaboradas.

Deixando aquela folha de lado, colocou uma nova, em branco, e escreveu "Juliette está melhor", antes de voltar e cobrir a última palavra com vários x para usar "bem" em seu lugar. "Juliette está bem", ele escreveu. "Ela parece ter virado uma página. Já começa a pensar em, quem sabe, voltar a trabalhar em breve." Mas, comparado ao que ele havia escrito sobre as escavações no campo, aquilo estava apático demais. Stella perceberia que ele estava escondendo alguma coisa.

O papel virou uma bolinha em direção ao cesto de lixo, e Richard começou uma nova página mais uma vez, e depois uma terceira, até que, por fim, levantou-se da escrivaninha para pensar melhor em como explicaria a mudança repentina na cabeça de Juliette. Enquanto ponderava sobre o problema, ele procurou pelos mapas geológicos em larga escala que lembrava de ver nos pertences do pai. Se a universidade o deixasse voltar, ele daria aulas sobre o período neolítico na Grã-Bretanha no verão, e os mapas lhe seriam úteis.

Após vasculhar as prateleiras e algumas caixas, Richard resolveu procurar na pilha de livros aleatórios perto da janela. Separou alguns achados sobre Doggerland e sobre a produção de utensílios de pedra polida e, ao sacudir um enorme envelope para liberar o que havia lá dentro, encontrou outra xilogravura.

A cena, desta vez, era a de um enforcamento. Três homens pendurados num galho.

Ali estava Roderick Sayles: Ele Queimou o Feno.

Ao seu lado, um Edmund Calvert, Que Profanou um Cadáver.

O último, pendurado mais perto do tronco, era Will Beeston — Enfureceu Seu Senhor — cujo crime, considerado o pior, flutuava de forma figurativa em uma nuvem sobre a cabeça dos espectadores. Ele aparecia no topo da torre da igreja, dizendo "Vejam Como Voa Este Anjo", enquanto arremessava uma criança do parapeito.

Os mortos, com seus pulsos amarrados, suas cabeças pendendo violentamente para o lado nas forcas, não pareciam particularmente velhos. Na verdade, eram meninos, percebeu Richard quando examinou mais de perto. Os Filhos Esquálidos dos três fazendeiros da gravura anterior.

Parecia que o vilarejo inteiro tinha parado para assistir às execuções — as pessoas estavam reunidas ao redor da árvore como os espectadores n'*O Livro dos Mártires*. E embora frequentemente aparecessem algumas pessoas chorando na plateia nesse tipo de cena, Richard nunca havia presenciado um derramamento de lágrimas daquela proporção.

Parecia que os três meninos haviam sido mortos com enorme relutância.

Richard estava pegando seu equipamento de fotografia no armário da área de serviço quando Juliette apareceu para lavar as mãos.

— Você já terminou? — disse ele.

— Uma demão já foi. Estamos deixando secar.

Ela abriu a torneira e o vapor da água começou a subir. Havia tinta branca cobrindo seus braços e em sua testa. Nos primeiros

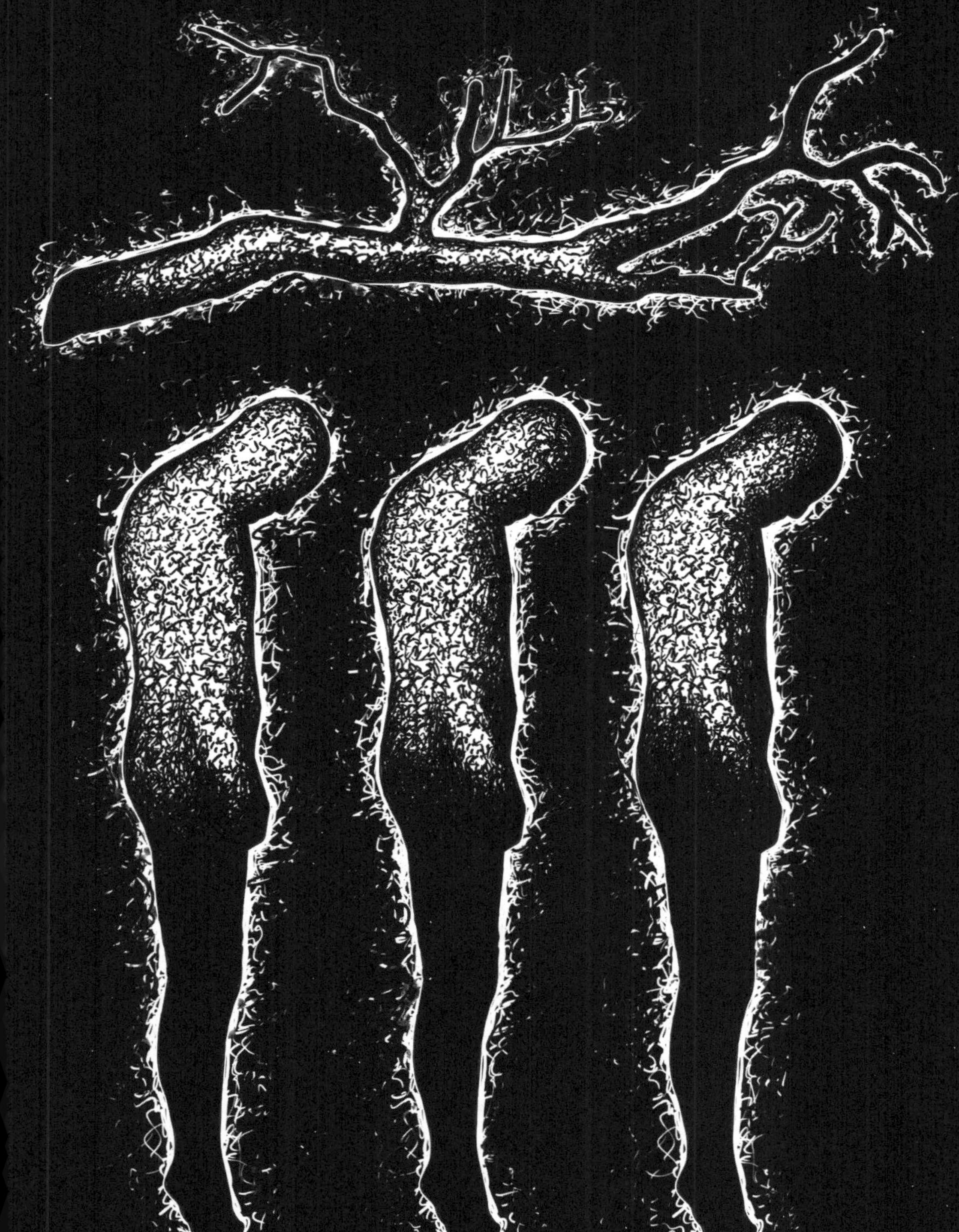

dias e semanas depois de se mudarem para Starve Acre, ela estava do mesmo jeito. Também usava a mesma camisa naquela época, uma bem velha e surrada. Os primeiros três ou quatro botões estavam abertos, deixando à mostra o colo magro. Ela notou um pingo de tinta ali, molhou os dedos e começou a esfregar a parte de cima dos seios.

— Por que agora? — disse Richard, voltando sua atenção para as caixas de filme na prateleira.

— O quê?

— O quarto de Ewan — disse Richard. — O que fez você querer esvaziá-lo?

— Achei que era isso que você queria.

— Não estou criticando.

Ela esfregou vigorosamente o sabonete nos antebraços.

— Não consegui pensar em nenhum motivo para deixar o quarto como estava — explicou. — Não agora.

— Por causa do que a Sra. Forde disse?

— Por causa do que ela me mostrou.

— Que foi...?

Juliette ficou olhando para ele enquanto enxaguava a espuma das mãos.

— Você não viu nada? — perguntou.

— Você sabe que não vi.

— Nada mesmo? Você passou no exame de sangue.

— Ao que tudo indica.

Em vez de desprezá-lo, ela foi compreensiva.

— Lamento que você não tenha visto — disse.

Ela secou as mãos. A faixa de pele exposta em seu peito brilhava.

— O que aconteceu? — disse Richard. — Ainda não entendi.

— Não tem nada para entender.

— É o que todo mundo fica me dizendo.

— Logo ficará claro para você.

— Você não pode tentar me explicar?

Juliette pendurou a toalha no gancho ao lado da porta, depois colocou as mãos na cintura de Richard e procurou seus olhos. Era a primeira vez que ela o tocava de forma íntima desde que Ewan havia morrido.

— Qual é o problema? — perguntou ela.

Quando ele não foi capaz de responder, ela disse:

— Estou me sentindo melhor, Richard. Achei que você ficaria feliz.

— Eu estou.

— Que bom, então.

Ela inclinou a cabeça para cima e beijou a boca dele. O gosto dela não lhe era familiar, mas, pensando bem, já fazia algum tempo. Ele pôs as mãos nos quadris de Juliette e a puxou para perto, enrijecendo ao apertar o corpo dela contra o seu. Ela sentiu e fechou os olhos, mas logo o empurrou para trás, tocou seu rosto e saiu andando pela cozinha em direção às escadas.

Já fazia algum tempo que ele vinha suspeitando que sentir esse tipo de desejo seria um processo gradual para ela. Aconteceria quando ela estivesse disposta a pensar em ter filhos de novo, e ela não havia chegado àquele ponto. Ainda não. Quando ele pensava nos dois criando outro filho, uma outra criança, em Starve Acre, e tentava colocar Juliette desempenhando o papel de mãe naquela cena, não conseguia visualizá-la direito. Ela ainda estava colocando a cabeça no lugar. Limpar o quarto de Ewan tinha sido um grande avanço, mas era apenas o primeiro passo de uma centena.

Richard fechou a porta da frente e desceu pela rampa. Na estrada, ele ouviu a van de Gordon se aproximando e esperou que ele estacionasse.

— Richard — disse ele, baixando a janela. — Você estava de saída, não é? Desculpe. Como vai Juliette?

— Determinada.

— É?

— Talvez meticulosa. Não sei muito bem que palavra usar.

— Aconteceu alguma coisa?

— Ela esvaziou o quarto de Ewan.

Gordon saiu da van e fechou a porta.

— Eu disse que ela seria outra pessoa.

— Eu ainda não entendi o que ela viu — disse Richard. — Ela não me conta.

— Porque não é exatamente uma coisa que você pode contar para alguém. Não é algo comunicável dessa maneira. Existem certas coisas que... Nem sempre é possível...

Ele começou a se perder na resposta. Com certeza havia algo em sua mente, mas ele adiou o desfecho de seu pensamento por algum tempo ao notar a bolsa de equipamentos nas mãos de Richard.

— Você parece muito empenhado — comentou ele.

— Achei uma parte das raízes — disse Richard.

— Você está falando sério? E elas pertencem ao Carvalho?

— Até onde eu sei.

— Sendo assim, eu cobriria o buraco de novo com terra e as deixaria no escuro.

— Acho que a universidade não ficaria muito feliz se eu fizesse isso — disse Richard. — Qual é o problema?

Gordon estava olhando para a casa mais uma vez, sem prestar atenção no que ele falava.

— É a Sra. Forde — disse ele. — Foi por causa dela que só pude vir hoje. Ela ainda não se recuperou desde aquela noite.

— Ah, é?

Um pouco surpreso, Gordon disse:

— Você não parece muito preocupado, Richard.

— Foi tudo uma encenação, Gordon. Eu percebi.

— Não foi uma encenação — disse ele.

— Então, qual é o problema dela?

— Não sei direito. Nunca a vi desse jeito antes. É estranho.

Gordon parecia estar procurando pelas palavras certas. Ele também não parecia muito bem. A pele ao redor dos seus olhos estava inchada e escura, como se ele não dormisse direito há dias.

— Olha, eu sei que você vai zombar disto — disse ele. — Mas eu nunca me perdoaria se eu não contasse o que ela me disse.

— Que foi o quê?

O esforço para tentar expressar aquilo da maneira correta parecia estar lhe corroendo por dentro.

— Ela sentiu alguma coisa dentro da casa — disse ele, por fim.

— Alguma coisa? — repetiu Richard. — Tipo o quê?

— Ela não sabe ao certo. Alguma coisa desagradável.

— Desagradável?

— "Pútrido" foi a palavra que ela usou.

— Mas o que foi? Algum cheiro?

— Ela disse que era difícil de entender.

— Bom, tudo isso soa convenientemente vago — disse Richard.

Era a resposta que Gordon esperava, aparentemente.

— Eu disse a ela que você desdenharia — disse ele.

— Você está surpreso?

— Você ainda pensa desse jeito? — questionou Gordon. — Mesmo depois que Juliette melhorou?

— Eu não disse que ela havia melhorado.

Frustrado, Gordon disse:

— Richard, você e Juliette são amigos muito queridos. Eu só não quero que você se machuque.

— Que eu me machuque? Como?

Gordon olhou no fundo dos seus olhos.

— Livre-se do que quer que você tenha levado para casa — disse ele.

— Isso é algum golpe? — disse Richard. — Para que Juliette tenha que chamar aquela mulher de volta para limpar a casa ou algo assim?

— Por que raios nós iríamos querer dar um golpe em você? — disse Gordon.

Richard não disse nada, mas ele sabia que indivíduos como a Sra. Forde só poderiam existir se outras pessoas acreditassem que eles possuíam algum tipo de dom oculto. Sem devotos, eles não seriam nada. Eles se alimentavam de pessoas como Juliette.

— Richard, eu duvido que a Sra. Forde vá voltar aqui algum dia — disse Gordon. — A coitadinha estava tremendo quando a deixei em casa.

— Foi uma tremenda performance, então.

Gordon sacudiu a cabeça e fez menção de seguir na direção dos degraus da entrada.

— Talvez eu possa falar com Juliette — disse ele. — Quem sabe ao menos ela vá querer me ouvir.

— Não — disse Richard, segurando seu braço. — Eu não quero que Juliette fique sabendo de nada disso. Ela já sofreu o suficiente.

— Mas ela precisa saber.

— É isso que vocês fazem? Vocês dão e depois vocês tomam de volta?

— Você precisa entender que eu só estou tentando ajudar — disse Gordon. — Eu me preocupo muito com Juliette.

— Então deixe-a em paz — disse Richard. — Deixe a cabeça dela voltar para o lugar. Por favor.

Ele abriu a porta da van e, após um instante, Gordon voltou para dentro.

— Fique longe do terreno, Richard — disse, pela janela. — Eu sei que você acha que eu estou sendo ridículo quando digo que isso tem alguma coisa a ver com o que aconteceu com seu pai, mas ele passava muito tempo lá. E Ewan também.

— Você tem razão — disse Richard. — Você está sendo ridículo.

Gordon olhou para a casa.

— Qualquer que seja a opinião que você tem sobre mim, você não pode negar que o menino mudou. Nem você, nem eu.

— Quando? — disse Richard.

Aquilo havia sido deliberadamente hostil; ele não conseguiu se conter.

Mas Gordon estava exausto demais para responder, e deu ré de volta para a estrada, sem falar mais nada. Sua expressão já dizia o bastante: que Richard sabia exatamente do que ele estava falando.

Durante o primeiro semestre de Ewan na escola, Juliette escondeu de seus pais tudo que aconteceu, mas, no recesso de fim de ano, no dia seguinte ao Natal, Richard a ouviu choramingando numa ligação para a mãe, enquanto contava sobre o incidente com Susan Drewitt, o incêndio, o boneco de neve mutilado.

Eileen e Doug tinham se programado para passar o Réveillon com amigos, mas disseram que cancelariam seus planos e iriam até Starve Acre em vez disso. A mãe de Juliette não perderia a oportunidade de assumir o controle da situação. Ela não teria problema algum em castigar o menino ela mesma, e partiria do princípio que qualquer resistência de sua parte se deveria a uma criação desregrada, e não aos seus métodos truculentos.

Aquilo não era nem de longe o que Ewan precisava, de modo que Richard convenceu Juliette a convidar também Gordon e Russell. Eileen tinha menos chances de se portar de forma autoritária na frente de desconhecidos.

Depois que a impressão de que eles dariam uma festa ficou clara, Ewan começou a negociar uma ida mais tardia para a cama.

— A noite do ano-novo não é diferente das outras — disse Juliette. — Ela é igual a qualquer outra noite.

— Você vai achar chato — argumentou Richard. — Um monte de gente velha conversando. Acho que nem eu vou querer estar lá.

Ewan levou um instante para decidir se aquilo havia sido um comentário sincero, e depois voltou ao assunto em pauta.

— Não vou achar chato — disse ele, em tom de promessa.

— Não discuta — disse Juliette. — O papai está certo.

Se ele ficasse entediado, logo encontraria alguma outra distração inconveniente. Richard sabia exatamente no que ela estava pensando.

— Eu vou achar chato ficar na minha cama — disse Ewan, cruzando os braços.

— A gente podia deixar ele ficar acordado mais um pouquinho — tentou Richard, mas Juliette tirou na hora o sorriso vitorioso do rosto de Ewan.

— Não — reforçou. — Cama às sete, como sempre.

Ewan fez uma carinha triste.

— Por favor. Só uma vez — disse.

— Sem choramingar.

— Por favor, mamãe — disse Ewan, e Richard viu quando Juliette teve uma reação física ao ouvir a alcunha. Não foi imaginação dele. Ela chegou a se contorcer.

Ela virou o rosto e repetiu a resposta.

— Eu disse não.

— Eu posso ajudar — disse Ewan.

Ele sabia que o ato de "ajudar" era uma das poucas virtudes que sua mãe valorizava, e continuou naquela linha.

— Eu vou ser simpático. Vou falar direitinho.

Como as crianças aprendem cedo a barganhar, pensou Richard.

— Por favor, mamãe. Por favor — disse Ewan, e havia agora certo desespero em sua voz.

— Está bem, está bem — cedeu Juliette. — Se é assim tão importante para você, então tudo bem.

Mas o gesto que ela fez direcionado a Richard disse a ele que, se as coisas dessem errado, seria ele quem teria de juntar os cacos.

Após cuspirem nas palmas de suas mãos, Richard e Ewan as apertaram para combinar o horário de nove e meia, e o menino ficou se achando muito crescido. Mas a verdade é que qualquer horário depois do seu horário habitual de dormir pareceria, para ele, alta madrugada.

— Que tal se você for o nosso mordomo essa noite? — sugeriu Richard, procurando aplacar o incômodo de Juliette, assegurando-se de manter Ewan ocupado. — Você pode guardar os casacos das pessoas e circular oferecendo salgadinhos e bolos. O que você acha?

A ideia o agradou e, na noite em si, ele se postou na porta da frente com sua gravatinha borboleta uma hora antes do horário em que os convidados começariam a chegar.

Richard foi buscar mais lenha para a lareira e Juliette ficou às voltas com a cozinha, muito embora ela não conseguisse parar de se preocupar com o fato de que, enquanto ambos estivessem distraídos, Ewan poderia aproveitar a oportunidade para causar algum dano à casa ou a si próprio.

— Eu só não quero que a mamãe e o papai cheguem aqui e deparem com um grande caos — disse ela. — Eles já me consideram uma incompetente sem isso.

Richard pôs as mãos na cintura dela e beijou sua nuca.

— Ninguém acha isso.

— Eles não acham?

— Só você.

— Ewan está muito quietinho — disse ela, largando a faca de manteiga e olhando para o corredor. — O que ele está fazendo?

Richard foi atrás do menino e o encontrou olhando pelo painel de vidro da porta da frente, com as mãos em concha em ambos os lados do rosto. Um carro passou do lado de fora e, apesar de Richard saber que era Audrey Cannon, deixou que Ewan desfrutasse da empolgação momentânea de acreditar que poderiam ser suas visitas. Quando a luz dos faróis começou a diminuir, ele ficou decepcionado, e Richard bagunçou de leve seu cabelo.

— Eles não vão demorar — disse ele. — Fique com o ouvido bem aberto para escutá-los chegando, Willoughby.

Como bom mordomo, Ewan endireitava as costas e retomava sua postura sempre que Juliette mandava Richard pelo corredor com alguma desculpa fajuta.

Ele estava desencavando do fundo do armário atrás do cabideiro um conjunto de taças para xerez que eles não usariam quando Gordon e Russell bateram à porta. Ewan endireitou o corpo e, com uma toalha pendurada no braço, curvou-se para a frente enquanto os convidava para entrar. Russell riu e Gordon molhou a mão de Ewan com uma moeda de cinquenta centavos depois que o menino o ajudou a tirar seu casaco e o cachecol.

— Onde a gente consegue uma bebida por aqui, meu amigo? — perguntou ele.

— Os aperitivos serão servidos na sala de estar — disse Ewan, antes de abrir a porta que levava até o cômodo.

Dez minutos depois, seus serviços foram requisitados novamente, quando os pais de Juliette chegaram, encerrando uma briga sobre qual caminho deviam ter pegado a partir da autoestrada. Doug apertou a mão de Richard e revirou os olhos enquanto Eileen desabotoava o casaco, ainda insistindo que ela estava certa: seu caminho teria sido mais rápido.

— E quem é este aqui? — disse ele, botando suas mãos para trás e olhando para Ewan.

— Willoughby, senhor.

— Você é novo por aqui?

— Nós o contratamos especialmente para esta noite — disse Richard.

Doug embarcou na brincadeira, extasiado, e enfiou a mão dentro do bolso atrás de uma gorjeta. Eileen, por sua vez, parecia desconfiada em relação ao garoto, limitando-se a dar um sorriso rápido para ele, da mesma forma que havia sorrido para Richard, antes de ir se encontrar com Juliette na cozinha.

Ela fechou a porta e as duas conversaram a sós enquanto Richard e os outros jogavam cartas e brincavam de charadas.

Quando as duas reapareceram um pouco depois, Juliette fez o melhor para parecer feliz ao entregar a bandeja com sanduíches para Ewan, mas Richard percebeu que ela tinha chorado. Eileen se sentou perto da lareira e ficou olhando para Richard enquanto acendia um cigarro. Por sorte, Gordon engatou numa conversa com ela, e Richard pôde falar a sós com Juliette quando ela se sentou ao seu lado.

— O que foi? Do que vocês falaram tanto tempo na cozinha?

— Nada.

— Então vocês duas ficaram lá sentadas em silêncio?

Ewan ofereceu aquela montanha de sanduíches a eles, e cada um pegou um antes de ele ser chamado por Doug, que queria que Willoughby trouxesse a garrafa de Bowmore para ele.

— Do que você acha que nós estávamos falando? — disse Juliette.

— E?

— E nós erramos, Richard.

— Como assim nós erramos?

— Devíamos ter contado antes para ela o que estava acontecendo.

Agora os olhares de Eileen faziam sentido. Levando em conta a natureza clandestina da ligação que Juliette fizera no dia seguinte ao Natal, ela tinha chegado à conclusão de que todas aquelas coisas haviam sido mantidas em segredo por insistência de Richard.

— Bom, agora ela sabe — disse ele.

— Não interessa. Ela foi deixada de fora. Você sabe como ela é. Elas são todas iguais, Richard. Sem dúvida Harrie também vai querer puxar a minha orelha quando a mamãe contar tudo a ela.

— Achei que você tinha saído de Edimburgo para ficar longe de certas espiãs da vida alheia — disse Richard. — Harrie não tem nada a ver com isso. Nem sua mãe, para falar a verdade.

— Ela é avó do Ewan — disse Juliette, mordendo a ponta do sanduíche. — Ela se preocupa com ele. Ela acha que nós precisamos levá-lo de novo ao Dr. Ellis.

— Para quê?

— Para ter certeza de que está tudo certo.

— Ele parece doente para você?

— Não fisicamente. Não foi isso que a mamãe quis dizer.

— Ah, na caixola, ela quis dizer. Eu não sabia que ela era psiquiatra.

— Você precisa ser tão sarcástico? Ela só está tentando ajudar.

— Ah, vamos, fala sério. Ewan não é assim.

— Mas também não é igual aos coleguinhas de turma.

— Ele não é mesmo. Graças a Deus.

A conversa teve uma pausa quando Ewan voltou com os sanduíches. Assim que ele seguiu adiante, na direção de Russell, Richard disse:

— Não sei como sua mãe acha que pode dar qualquer opinião sobre ele, de qualquer forma. Ela quase nunca o vê.

— Ela foi professora por trinta anos — disse Juliette. — Ela sabe do que está falando em relação às crianças.

— Ele só tem cinco anos — disse Richard. — Dá um tempo para ele.

— É — respondeu Juliette. — A mamãe bem que falou que você estava em negação.

Apesar de Ewan ter concordado em ir para a cama às nove e meia, quando a hora chegou, ele se recusou a seguir o combinado, e Eileen parecia não esperar qualquer outra coisa dele. Richard tratou aquilo como se não fosse nada de mais, colocou o menino sobre os ombros e foi levando-o escada acima em direção ao seu quarto cantando "The Grand Old Duke of York" por cima dos gritos de protesto.

A promessa de uma história para dormir o convenceu a escovar os dentes e vestir seu pijama e, depois de *Rumpelstiltskin* e *O gato da cartola*, ele começou a dar sinais de sono.

Richard beijou a testa de Ewan e o garoto envolveu os braços em seu pescoço, apertando até que ficasse desconfortável.

— O que foi? — perguntou Richard.

— O campo vai fazer barulho esta noite? — disse Ewan.

— Por que faria barulho?

Ewan o soltou.

— Ele fala o meu nome às vezes. Ele me diz para ir até a árvore.

— Quem?

— Jack Grey.

— Jack Grey? — disse Richard. — Quem falou para você sobre ele? Gordon?

Ewan pareceu pensar que seria traição dizer sim em voz alta, então, em vez disso, balançou a cabeça.

— E como é a voz desse tal de Jack Grey? — perguntou Richard.

— Eu não gosto de lembrar da voz dele.

— Bom, então *quando* é que ele fala com você? Quando você está quase dormindo?

— Às vezes.

— E o que ele diz?

— Para eu fazer coisas.

— Tipo o quê?

— Ele me disse para machucar a Susan.

— Ele disse?

— Ele me disse para destruir o boneco de neve. Ele disse que não gostava de ver ele ali no campo.

— Foi por isso que você não queria vir para a cama hoje? Por causa do Jack Grey?

Ewan fez um sinal afirmativo com a cabeça mais uma vez, e Richard sentou-se na cama.

— Sabe, o Jack Grey não é de verdade — disse ele. — Ele é que nem o Jaguadarte. Você não acha que o Jaguadarte é de verdade, né?

Eles riram juntos daquela ideia, e Ewan sacudiu a cabeça, mas apenas para agradar o pai. Era evidente que o menino não estava nada tranquilo.

— Se você escuta a voz dele quando está quase caindo no sono, provavelmente você está apenas sonhando com ele, meu filho — disse Richard.

— Não estou, não, papai.

— Talvez você não perceba que está.

— Papai, eu estou sempre acordado quando ele fala.

Era inútil tentar convencê-lo do contrário.

— E se eu deixar o rádio ligado? — sugeriu Richard.

Ewan gostava de ouvir estações estrangeiras. Os murmúrios incompreensíveis de Gotemburgo ou Hilversum sempre fizeram o menino dormir quando ele era pequeno e tinham adquirido um efeito pavloviano depois disso.

Richard ligou o aparelho, sintonizou alguma coisa que não conseguia entender e baixou o volume até um nível soporífico.

— Agora feche os olhos — disse ele, e colocou mais um cobertor em cima do menino.

Ewan soltou um choramingo angustiado — do tipo que soltava quando era um bebê — e tentou abraçá-lo novamente.

— Eu vou estar lá embaixo — disse Richard, mas o menino continuou abraçado a ele. — Escute. Vá dormir e quando você acordar amanhã, vai ser um ano novinho em folha. Todas essas coisas das quais você tem medo não vão mais estar aqui. Eu prometo.

Quando Richard voltou para a sala, Gordon interrompeu a conversa que estava tendo com Eileen.

— Dr. Willoughby — disse ele, servindo uma nova taça de vinho. — É noite de Réveillon e você está mais seco que teta de bruxa. Tome.

Ele recusou a bebida com um olhar preocupado.

— Você parece perturbado — disse Gordon. — Está tudo bem?

— Ele não sossegou? — perguntou Juliette.

— Ele está bem — disse Richard.

Se estivesse sozinho com Gordon, perguntaria exatamente que tipo de história ele havia contado a Ewan. Tudo bem contar meia dúzia de lorotas para ele, mas fazê-lo perder o sono pensando em Jack Grey era um pouco demais.

Eles jogaram general, vinte-e-um e uíste com o rádio tocando baixinho de fundo e o relógio marcando as últimas horas do ano. Entre Gordon e Eileen, que iam falando mais alto a cada nova taça que viravam, a inquietude de Juliette parecia ainda mais aguda. Ela queria desesperadamente sair dali para se assegurar de que Ewan estava bem, mas quando finalmente se levantou para fazer isso, sua mãe na hora adivinhou suas intenções e mandou que voltasse a se sentar.

— Deixe ele em paz — disse ela, escolhendo uma carta do leque em sua mão. — Quanto mais você der atenção a ele, mais ele vai fazer essas cenas.

Gordon acariciou com afeto o braço de Juliette, e ela retornou ao jogo, batendo o pé no chão com ansiedade.

A meia-noite se aproximava. Eileen encheu os copos, toda atrapalhada, e lambeu vinho da haste de sua taça. Doug preparou para si mais uma dose de uísque com soda.

No rádio, o Big Ben começou a tocar. Houve apertos de mão e beijos e eles se abraçaram quando Gordon começou a cantar "Auld Lang Syne". Enquanto o refrão era repetido uma segunda vez, e depois uma terceira, Juliette aproveitou a oportunidade para escapar e dar uma olhada em Ewan.

Eles ainda estavam cantando quando Richard a ouviu descendo as escadas. Ela adentrou a sala de estar aflita, seu braço já enfiado na manga do casaco.

— É o Ewan — disse ela. — Ele não está em casa.

Doug riu e serviu-se de mais bebida.

— Resolveu brincar de esconder, então? Mas que pestinha.

— Tem certeza de que ele não está no quarto? — disse Eileen.

— Sim, tenho certeza — respondeu Juliette, sentando-se para calçar as botas. — Procurei por toda parte.

— Ele não teria saído, teria? — disse Gordon. — Está muito escuro e gelado lá fora.

— Bem, se ele não está em casa, Gordon... — disse Juliette. — Escuta, vocês vão me ajudar ou vão ficar aí parados?

Desconfiada de que Juliette não tinha procurado direito, Eileen mandou Doug vasculhar os cômodos, e ele obedeceu a passos lentos, levando seu copo de uísque. Os demais saíram com lanternas, primeiro para o quintal dos fundos, e depois pelo terreno. Era uma noite clara, e um vento congelante varria as árvores por todo o vale.

— Ele não deve ter ido muito longe — disse Gordon. — Ele vai sentir frio e voltar logo.

— Mas nós não sabemos quanto tempo faz que ele saiu — disse Juliette. — Se você tivesse me deixado ir ver como ele estava, mamãe...

— Eu realmente não consigo entender como é que isso pode ser culpa minha — rebateu Eileen. — Talvez vocês devessem trancar a porta da frente à noite.

— Estava trancada — disse Richard. — E com ferrolho.

— Então estou surpreso que não o ouvimos sair — comentou Russell.

— Crianças são mais ardilosas do que você imagina — disse Eileen, mas felizmente Juliette não estava escutando, e havia saído de perto, gritando o nome de Ewan. Quanto mais ela se afastava, mais sua voz se alterava.

— Será que devemos chamar a polícia? — disse Russell.

— Posso pegar a van e dirigir até o vilarejo, ver se ele está lá — sugeriu Gordon. — Com certeza já estou sóbrio o suficiente a esta altura.

— Você não acha que ele pode ter ido no sentido contrário? — disse Russell.

Mas Richard iluminou alguma coisa vindo na direção deles. Era Ewan, pisando com força na neve pegajosa e vestindo seu pijama e suas galochas. Richard chamou Gordon, que assobiou para Juliette. Ela veio correndo, empurrou Richard para trás e, com a luz da lanterna dançando loucamente sobre a terra congelada, foi a primeira a chegar até o menino, sacudindo-o pelos ombros e repreendendo-o por ter saído de casa. Os outros ficaram apenas olhando quando ela o pegou no colo e o levou de volta para dentro.

Sob a luz das lanternas, os olhos de Ewan pareceram estranhos, e estavam ainda mais estranhos quando todos voltaram para a casa. Mesmo no corredor, suas pupilas continuavam tão dilatadas que quase nenhum traço da cor de seus olhos aparecia.

— Será que ele está sonâmbulo? — disse Gordon.

Aparentemente não. Ewan não tinha a expressão vazia de alguém em transe, e examinava fria e meticulosamente o rosto de cada um.

Doug desceu as escadas terminando sua bebida e pôs uma das mãos no rosto de Juliette.

— Ah, então vocês o encontraram — disse ele. — Viu só? Ninguém se machucou.

Aquilo parecia ser verdade a princípio, mas quando levaram Ewan para a cozinha, Eileen percebeu que sua pele tinha adquirido uma coloração rosada intensa. E quando Juliette tirou a camiseta de seu pijama, seu tronco estava da mesma forma.

— O que é isso? Uma alergia ou algo assim? — disse Gordon. Russell pôs os óculos e examinou o pescoço de Ewan.

— Pode ser — disse. — Se ele andou pelo bosque, talvez possa ter tido contato com alguma coisa à qual é alérgico.

— Tipo o quê? — Juliette perguntou, tirando o cabelo da testa de Ewan com os dedos para examiná-la. — Ele já andou pelo bosque centenas de vezes e nunca voltou de lá desse jeito.

— Na verdade, não sei ao certo se é uma alergia — disse Russell.

— Uma alergia produz manchas. Isso está mais parecido com uma queimadura de sol.

— Mas como seria uma queimadura de sol? — disse Eileen, tomando o lugar dele. — Ele se queimou foi com o frio porque andou lá fora.

Mas quando ela pôs as costas de sua mão no braço do garoto, percebeu que estava quente.

— Pode ser um vírus — sugeriu Russell. — Explicaria os olhos.

— Você não está se sentindo bem? — disse Juliette, virando o rosto de Ewan para si.

O menino ficou olhando para ela, sem expressão.

— Tem certeza de que ele não está dormindo? — disse Gordon, e estalou os dedos perto da orelha de Ewan.

— Ewan? — tentou Juliette. — É a mamãe. Você está bem?

— Coloque ele de volta na cama — disse Doug. — O menino não precisa de vocês fazendo todo esse drama por causa dele. Deixem ele dormir. Ele vai ficar bem.

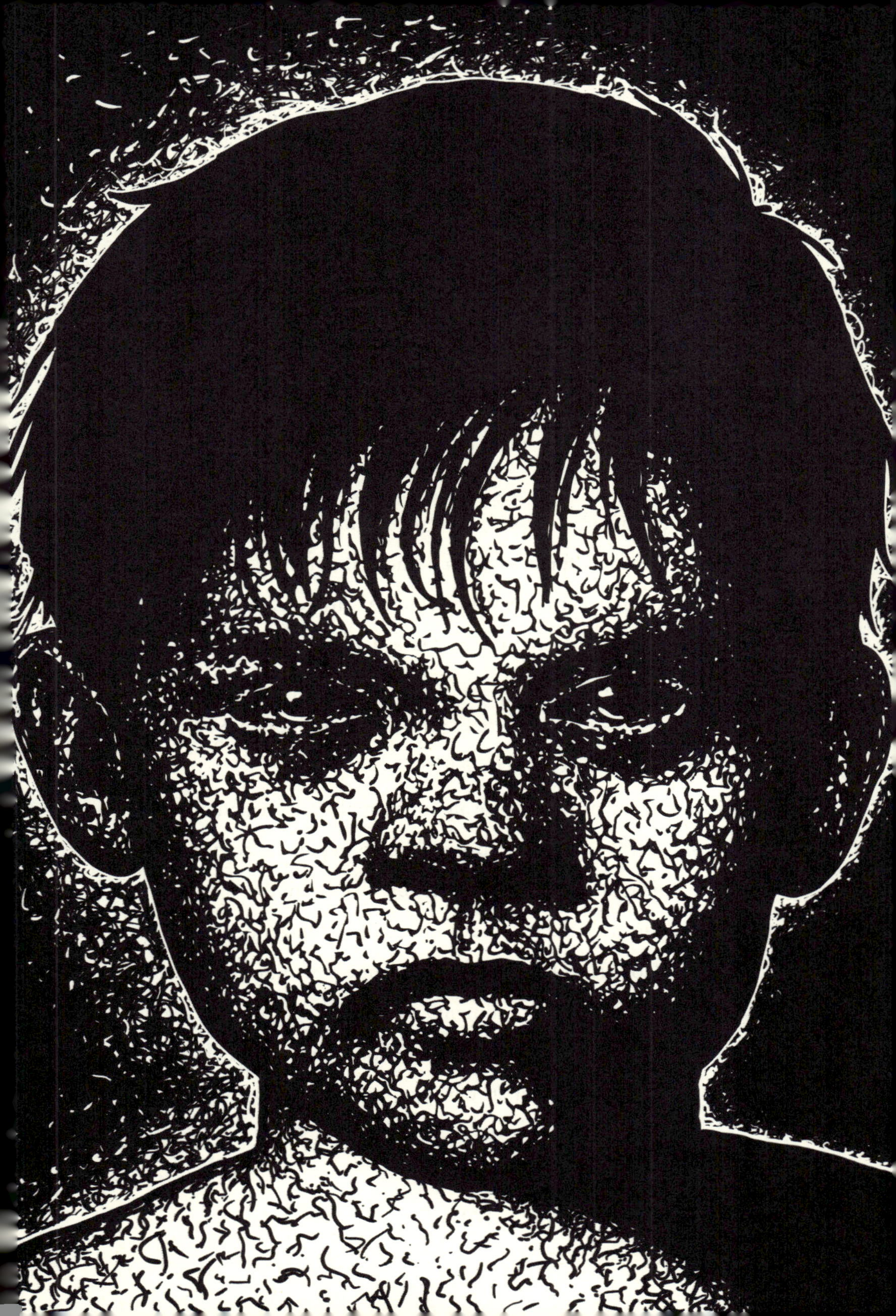

— Olhe para ele, pelo amor de Deus — estourou Eileen. — Ele precisa de um médico.

— O que é isso na mão dele? — disse Gordon.

Ninguém tinha percebido até então que Ewan estava segurando firmemente alguma coisa que havia manchado seu pulso e as pontas dos dedos de vermelho.

— Vamos lá — disse Richard. — Deixa eu ver. O que você achou no campo?

— Dá para a mamãe? — disse Juliette. — Mostra para a mamãe o que é, Ewan.

— Você não ouviu? — disse Eileen severamente, tentando abrir os dedos do menino à força. — Faça o que mandaram.

Mas quanto mais ela lutava com ele, mais forte ele fechava o punho. Por fim, ele esmagou o que estava segurando, e sangue escorreu por entre seus dedos.

— O que é isso? — disse Juliette, agora chorando, enquanto Ewan cedia e abria a mão. — O que você fez?

Sua mão pingava, as vísceras de algum animal transformadas em papa em sua palma. Mas quando Richard o pegou no colo para levá-lo até a pia e Juliette lavou seus dedos, eles viram que a maior parte do sangue era dele. Cravados em sua pele, havia pequenos ossos afiados. Costelas. Uma espinha. Foi aí que o menino começou a falar. Ele ainda não estava totalmente consciente, e a narrativa era um tanto confusa e frenética, mas Richard conseguiu entender que Jack Grey dissera para Ewan ir até o bosque, que ele o havia ensinado como enxergar no escuro e a ficar sentado muito quietinho para poder capturar camundongos com suas próprias mãos.

Sim, pensou Richard, ele se lembrava de tudo aquilo com bastante clareza. Não precisava que Gordon dissesse nada. Nem queria ouvir suas interpretações incorretas sobre o que havia acontecido aquela noite, especialmente levando em conta que tinham sido as suas histórias que perturbaram o sono do menino, para começo de conversa. Gordon era obsessivo. Sempre fora, a respeito de uma ou outra coisa — aquele era apenas o seu jeito de ser. Mas, apesar de seu dogmatismo ter sido sempre inocente, aquilo pareceu intrusivo. Ele ficou realmente ofendido por Richard ousar duvidar de suas explicações acerca da mudança de Ewan. A arrogância daquele homem era escandalosa.

A verdade é que após sua aventura no bosque na noite do Réveillon, Ewan havia acordado no dia seguinte fungando e espirrando, porém do jeito que costumava ser. Sua pele estava normal, e ele não tinha nenhuma lembrança de ter saído de casa na noite anterior. Na sobriedade matinal, o diagnóstico era muito mais óbvio: o menino simplesmente havia tido uma febre; ele estava meio grogue de sono e saiu para brincar sem se dar conta da hora, encontrou os detritos de alguma coisa morta no bosque e pegou sem saber direito o que era. A explicação era simples, se Gordon quisesse enxergá-la.

Richard foi ouvindo o som de sua van ficando cada vez mais distante enquanto andava pelo campo em direção à barraca. O cheiro do orvalho e das folhas e samambaias acordando, que ele tinha gostado de sentir naquela primeira noite de primavera, foi ficando mais forte conforme se aproximava do bosque. Ele ficou imaginando se a lebre sairia de lá para se aventurar quando a noite caísse. Aquele lugar era tão silencioso que ele poderia muito bem ouvir o barulho de suas patas golpeando o chão, embora, naquele instante, tal pensamento não fosse mais tão agradável. E se ela fosse até a barraca, como a raposa havia feito, ele achava que não gostaria de ficar preso lá dentro junto com ela.

Ele armou o tripé, apontou a câmera para a vala e tirou uma dúzia de fotos, de vários ângulos, o flash revelando as cores e detalhes que a luz da lamparina a gás era fraca demais para mostrar. A raiz não estava totalmente preta, mas sim manchada de tons escuros de vermelho e marrom. Um discreto conjunto de nervuras mostrava que ela havia crescido, como se estivesse procurando por água.

Richard contou os ramos menores que se originavam dela, alguns dos quais eram muito finos e iam se afinando ainda mais em direção à ponta, como uma cenoura, mas outros eram mais substanciais.

Ao seguir um ramo em particular que apontava direto para baixo (até onde ele descia? Seis metros? Doze? Quinze?), ele encontrou mais. Aquelas raízes deviam ter pertencido ao Carvalho. Era um número muito abundante para qualquer outra explicação. E o que ele havia encontrado era apenas um fragmento de uma rede muito maior. Se todo o sistema de raízes pudesse ser mapeado, talvez aquilo desse uma ideia mais clara do tamanho que a árvore em si havia atingido. Agora que parava para pensar, a imagem que fazia dela em sua mente até aquele ponto tinha sido conservadora demais. Afinal de contas, apenas um galho havia sustentado o peso de três corpos.

Desde que havia se deparado com a gravura do enforcamento, os Filhos Esquálidos não se afastaram mais de seus pensamentos.

A implicação era de que, se haviam sido enforcados juntos, então deviam ter cometido seus delitos juntos e, se aquilo fosse verdade, isso teria devastado o vilarejo.

A evidência disso se depositava, em parte, no fato de que não havia mais nenhum Sayles, Calvert ou Beeston em Stythwaite. Ou as famílias haviam sido perseguidas após os enforcamentos, ou deixaram o vilarejo por vontade própria. Era impossível saber. Com muita frequência, o passado se resumia a fragmentos como aquele. Uma lasca de cerâmica, um crânio esfacelado, os estilhaços de uma ponta de lança. Às vezes, ele vinha acompanhado também de apenas meia dúzia de palavras. Roderick Sayles tinha "queimado o feno", mas o campo de quem ele havia incendiado não fora registrado. Se ele foi enforcado no inverno, talvez tivesse posto fogo nos fardos que estavam armazenados nos galpões, mas só se podia chutar o motivo de ter feito aquilo.

E será que, enquanto a fumaça se espalhava por entre as casas, enevoando a rua, Edmund Calvert havia aproveitado a oportunidade para entrar na igreja despercebido? Será que estava tirando a roupa dentro da cripta enquanto os outros moradores do vilarejo apagavam o fogo?

Mas era no crime de Will Beeston que Richard pensava com mais frequência. O autor da gravura havia capturado em seu rosto uma expressão inconfundível de prazer enquanto ele arremessava a criança do topo da torre da igreja.

Se aquela tivesse sido a única coisa que aconteceu, seria lógico concluir que Beeston era simplesmente psicótico. Mas era improvável que aqueles três garotos todos sofressem do mesmo mal. Talvez fosse uma demência temporária. Era possível. Havia plantas e frutos que cresciam no vale até hoje capazes de alterar as ideias de alguém. Se não fosse isso, se aquilo tivesse sido planejado, então talvez eles tivessem feito um pacto e decidido atormentar deliberadamente o vilarejo por algum motivo. No entanto, seus delitos pareciam apenas extravagâncias particulares.

Não era de se estranhar, portanto, que os pais dos meninos tivessem jogado toda a culpa em Jack Grey. Fazer com que o incitador daqueles crimes fosse um espírito fictício do bosque era mais fácil do que tentar entender por que aqueles rapazes tinham se desviado para o caminho do pecado de forma tão repentina.

Não existe nada mais remoto do que a mente de outra pessoa. Mesmo no seio de uma família, a comunicação se perde. Um pai tem as mesmas chances de conhecer profundamente seu filho que um estranho. Para Richard, a prova disso veio no dia da festa da primavera.

Até então, tudo havia ocorrido de forma relativamente pacífica durante alguns meses. Ewan não recebeu mais nenhuma visita de Jack Grey. Todos os dias letivos transcorreram sem incidentes, embora o alívio que Juliette sentia quando pegava Ewan nos portões da escola durasse somente até a manhã seguinte, quando ela o deixava lá novamente. Ele falava tão pouco que era difícil saber no que estava pensando. Continuava imprevisível, e cada dia bom apenas postergava a explosão que Juliette (e Richard) sabia que aconteceria. Era evidente que os outros pais compartilhavam da mesma apreensão. Não que eles dissessem qualquer coisa.

As pessoas do vilarejo não passaram a destratar os Willoughby depois do episódio envolvendo Susan Drewitt. Ninguém obrigou Juliette a sair da Associação de Pais e Mestres ou do Comitê da Festa da Primavera, mas ninguém também fez nenhuma questão que ela ficasse. Havia apenas a indiferença, o que era pior, de certa forma. No dia da festa, eles foram tratados da mesma forma que as pessoas de Micklebrow, Lastingly ou Skipton: como visitantes. Apenas as três meninas dos Burnsall se deram ao trabalho de tentar irritar os Willoughby ao chamarem outros meninos em vez de Ewan enquanto ele esperava para dar um passeio em seu pônei.

Richard e Juliette estavam olhando os trabalhinhos de arte feitos pelas crianças quando perceberam que Ewan estava ficando frustrado, e sugeriram que ele escolhesse alguma outra coisa para fazer. Ele aceitou fazendo menos beiço do que Richard esperava, e eles foram de mãos dadas até a tenda onde Audrey Cannon vendia garrafas de refrigerante.

Pelo resto da tarde, eles o mantiveram ocupado, rodopiando-o no gira-gira, empurrando-o nos balanços, assistindo-o brincar no jogo das argolas e de boliche, tentando ignorar os olhares dos outros pais. Juliette também estava nervosa, mas determinada a mostrar para todo mundo que ela era uma ótima mãe, e de uma criança que merecia ser amada. Richard admirava sua coragem, embora soubesse que aquilo a estava deixando exausta. Ela não era uma boa atriz.

A festa sempre terminava com um jogo de críquete entre as pessoas que viviam no vilarejo e as que viviam nas fazendas. Os Willoughby, que não moravam em nenhum desses lugares, ficaram sentados à beira do gramado junto com aqueles que eram muito jovens ou muito velhos para jogar.

Ewan viu seus colegas de turma chutando uma bola de futebol perto dos sicômoros e deitou de bruços para ficar assistindo a eles tentarem marcar gols entre as duas bicicletas que haviam deitado no chão.

— Por que você não vai brincar com eles? — disse Richard.

— Posso? — disse Ewan.

— É claro.

Juliette parecia desconfortável com a ideia, mas para Richard aquela parecia uma boa oportunidade para Ewan se desculpar pelo que havia acontecido com Susan Drewitt.

— Vai lá — incentivou ele. — Vai e oferece a sua limonada para eles.

Ewan se levantou e foi primeiro na direção das meninas, oferecendo a garrafa. Fez-se uma pausa cautelosa, e depois Susan a pegou, tomou um gole e passou para as outras. A bola de futebol passou pelo meio das pernas de Ewan e ele foi atrás dela enquanto os outros meninos gritavam para que ele chutasse.

Reconciliação era algo fácil para crianças daquela idade, pensou Richard. Elas não guardavam ressentimentos por muito tempo. Não tinham medo. Raiva, cautela, ciúme e ansiedade eram emoções efêmeras. Somente quando ficavam mais velhas é que elas se tornavam maliciosas, como as meninas dos Burnsall, que haviam se aproximado com o único propósito de provocar Ewan mais uma vez. Segurando a bola debaixo do braço, ele ficou prestando bastante atenção nelas, absorvendo os nomes pelos quais elas o chamavam enquanto puxavam o pônei pelas rédeas. Deixe que provoquem, Juliette havia lhe ensinado. Ofereça a outra face.

As meninas viram que Richard e Juliette estavam olhando para elas e foram embora, a mais nova mostrando a língua como ato final. Ewan ficou olhando para elas enquanto se afastavam, mas logo se distraiu quando a bola de futebol foi tirada de seus braços e o jogo recomeçou.

Juliette encostou a cabeça no ombro de Richard.

— Cadelinhas — disse ela.

Apesar de ter dito a ela quando ainda viviam em Leeds que não seria fácil morar em Starve Acre, ele não sentia nenhuma satisfação quando algo provava seu ponto. Queria que aquilo desse certo tanto quanto ela. Jamais teria concordado em se mudar para lá se não imaginasse que eles ficariam mais felizes. Sua mãe devia ter se sentido da mesma forma. Pelo menos no começo.

Era difícil imaginar que ela não tivesse percebido os ânimos mudarem a seu respeito em Stythwaite. Na verdade, ele tinha certeza de que ela havia percebido, mas decidiu ignorar. Não por arrogância, mas por não querer admitir que havia cometido um erro. Ela não queria se sentir uma idiota, então simplesmente seguiu em frente, cometendo outros erros. À sua própria maneira, Juliette estava fazendo a mesma coisa.

Esgotada pelo esforço de sua performance, sua respiração se alongava por mais tempo que a dele. Ela estava de olhos fechados. Suas mãos estavam moles. Richard também estava exausto. Ele se deitou, levando Juliette consigo, fazendo com que ela se abraçasse à lateral do seu corpo, e gostou de sentir o peso da cabeça dela sobre o seu peito. Ele fechou os olhos e ficou brincando despretensiosamente com a haste de um dente-de-leão. Os pombos, a brisa morna e o cheiro da grama começaram a se dissolver enquanto ele se equilibrava entre a consciência e o sono. Era uma agradável vertigem, uma instabilidade bem-vinda. Mas ele escorregou e acordou ao mesmo tempo, o som de tudo muito mais alto quando recobrou a consciência. Juliette também despertou e esfregou a base das mãos nas têmporas.

Às suas costas, as vozes das crianças eram tão parecidas, misturadas numa massa de gritos, berros e risadas, que eles não perceberam que Ewan havia desaparecido até que uma das meninas dos Burnsall saiu correndo de trás do muro da igreja chamando pelo pai.

Ele estava pronto para a tacada, já posicionado, mas, distraído pela filha, acabou deixando que a bola atingisse as peças de madeira. Algumas pessoas, que não tinham percebido a menina gritando, comemoraram e bateram palmas, mas logo ficou evidente que alguma coisa estava bastante errada.

Teddy Burnsall entregou o taco para Sam Westbury e foi com sua filha até o lugar onde o pônei havia sido amarrado numa árvore. As duas outras meninas estavam lá agora, berrando com Ewan, que as ignorava, agachado na grama.

Richard e Juliette foram correndo até lá, abrindo caminho por entre a multidão que havia se aglomerado.

— O que aconteceu? — disse Juliette, colocando-se entre Ewan e a menina mais velha, Deborah.

— Ele está louco para ser internado num hospício — disse ela. — Desgraçado.

A irmã do meio fez coro a ela.

— Esse aí não é certo da cabeça — disse, e foi confortar a mais nova, que chorava e fungava, pedindo para voltar para casa.

Ewan revolvia o chão com a ponta de um graveto, insensível aos gritos e choros.

Às suas costas, Teddy e Olive Burnsall tentavam acalmar o pônei. Suas pernas tremiam e ele sacudia a cabeça encurvada para baixo como se estivesse tentando tirar moscas de dentro das narinas. Puxando pelas rédeas, eles conseguiram virar o animal e erguer seu queixo para ver o que havia acontecido.

Um de seus olhos encarou as pessoas ao redor, o outro havia sido esfacelado.

Ewan não conseguiu sossegar aquela noite. Sempre que estava prestes a cair no sono, acordava de novo e começava a chorar. Juliette ficou ouvindo durante um tempo e depois rolou para o lado, deixando para Richard a tarefa de ir vê-lo, embora ele não tivesse a intenção de falar sobre o que havia acontecido até a manhã seguinte, quando a memória do incidente não estivesse mais tão fresca.

Encolhido em sua cama, Ewan estava com as mãos cobrindo as orelhas, e Richard levou algum tempo até convencê-lo a tirá-las de lá.

— O que você está ouvindo? — disse ele, encostando a cabeça do menino em seu peito.

— O Jack Grey — disse Ewan baixinho.

— Ele voltou, então?

— Ele estava lá na festa.

— Estava? Eu não vi.

— Não dá para ver ele — disse Ewan. — Só ouvir ele falando.

— O que ele está dizendo agora? — perguntou Richard.

— Ele não está dizendo nada.

— Não?

— Não — disse Ewan. — Agora ele está fazendo assim.

E então ele fez um som de estrangulamento com a garganta.

Após levar Ewan no colo até o escritório, Richard sentou o menino em seu joelho e, juntos, eles ficaram olhando as ilustrações na enciclopédia dos pássaros. Papai, faz um passarinho?, pediu ele, e entregou a Richard uma folha de papel-carbono. Papai, faz uma gralha? E ele fez uma gralha, um parlamento inteiro, que se converteu nos personagens de uma história que Richard inventou enquanto Ewan se aninhava em seu colo.

Era uma vez, ele disse, desejando que aquelas palavras mágicas pudessem tirar Ewan, Juliette e ele daquela vida e lhes dar uma outra. Era uma vez um bando de gralhas que veio até Starve Acre e descobriu que o Jack Grey estava fazendo um barulho tremendo no bosque. Ele gritava e berrava e jogava pedras nos pássaros. Então, as gralhas esperaram que Jack saísse para o campo e, quando ele o fez, elas voaram em sua direção, o pegaram com suas garras e o levaram embora dali. Elas voaram por cima das colinas e atravessaram o oceano, e depois...

Ewan tinha pegado no sono encostado em seu peito, e respirava pesado. Em sua mão, ele segurava firmemente um dos pássaros de papel, que continuava ali quando Richard deitou o filho em sua cama. Era difícil associar aquele garotinho vulnerável com a criatura de olhos vazios que eles levaram correndo para o carro aquela tarde. O fato de ele ter ferido aquele pônei da maneira brutal como fez, de ter sido tão preciso com aquele graveto, mal parecia plausível.

Juliette ia querer levá-lo de novo ao Dr. Ellis, e Richard sabia que não teria escolha a não ser aceitar. Ewan não melhoraria por conta própria. Eles deveriam ter agido mais cedo. Pelo menos isso estava claro. Richard culpava a si próprio. Havia acreditado demais na hipótese do comportamento de Ewan ser apenas uma fase natural, tinha apostado por muito tempo na certeza de que o menino era capaz de diferenciar o certo do errado, como qualquer outra criança. Agora ele era obrigado a admitir que não tinha mais ideia do que fazer. Deveria ter dado ouvidos a Juliette. Sua concessão a respeito do Dr. Ellis seria a sua forma de pedir desculpas a ela por não a ter escutado antes. Logo pela manhã, ele concordaria em fazer qualquer coisa que ela quisesse. Ela saberia qual o melhor caminho a seguir. Independentemente do que acontecesse, ela sempre era capaz de analisar o problema de uma forma mais racional do que ele. Mas quando ele voltou ao quarto e estava pendurando seu roupão atrás da porta, ela disse:

— Eu tenho medo dele, Richard.

E ele acreditou nela.

O mau tempo se anunciava, com trovejadas que ecoavam pelo vale, e Richard fechou a barraca e levou a câmera de volta para casa. Ele entrou pela porta da frente e estava prestes a subir para o escritório quando Harrie o pegou pelo colarinho.

— Ah, Richard, converse com ela — disse a cunhada, tentando fazer com que a cadelinha debaixo de seu braço parasse de latir. — Ela não quer me ouvir.

Ele a seguiu até a cozinha, onde Juliette estava sentada numa cadeira ao lado do fogão a lenha.

Em seu colo estava a lebre.

O animal permaneceu imóvel enquanto Juliette o afagava da cabeça até as ancas, contornando suas orelhas com os dedos. A presença do cachorro não parecia perturbá-lo de forma alguma.

— Diz para ela levar essa coisa maldita para fora — disse Harrie.

— Acho que você deveria mesmo fazer isso, Juliette — disse Richard.

— Por quê?

— Em primeiro lugar, porque ela fede — disse Harrie. — E Cass não vai parar de fazer esse escândalo enquanto você não fizer isso.

— Onde você a encontrou? — perguntou Richard.

— Você estava no jardim, não é? — disse Juliette, acariciando o pelo da lebre com as costas da mão. — Ele veio até a porta do galpão quando eu fui buscar mais tinta.

— Você não pode mantê-la dentro de casa — disse Richard.

— Foi o que eu disse a ela — insistiu Harrie, e foi para trás da mesa, afastando-se da lebre. — Isso é um animal selvagem.

— Ele não me parece selvagem — disse Juliette.

Sob o seu toque, a lebre fechou os olhos, satisfeita.

— Ela pode estar doente — disse Harrie. — Normalmente elas não ficam assim tão quietinhas, ficam? Talvez ela esteja com alguma coisa.

— Ele não está doente — disse Juliette. — Ele só está com fome. Tem alguma coisa que possamos dar para ele comer?

— Não alimente esse bicho — disse Harrie, segurando o focinho de Cass. — Senão você jamais vai se livrar disso. Se ela souber que tem comida aqui, vai continuar voltando.

— Harrie tem razão — disse Richard. — É melhor deixar que ela se vire sozinha. Quer que eu leve ela lá para fora?

Juliette olhou para ele pela primeira vez desde que ele havia entrado na cozinha, e pôs uma mão protetora sobre as costas da lebre.

— Ele está molhado e com frio.

— Jules, por favor — disse Harrie. — A Cass já está me dando dor de cabeça.

Richard fez menção de pegar o animal mais uma vez, e Juliette disse:

— Não. Me deixa. Eu levo.

Ela ficou de pé e envolveu a lebre com os braços. Suas pernas compridas começaram a se debater e Harrie se afastou ainda mais enquanto Juliette a levava pela porta.

— Ela era igualzinha quando nós éramos crianças — disse, observando a irmã andar em direção à estufa debaixo da chuva. — Estava sempre trazendo gatos, ratos e insetos para dentro de casa. Principalmente porque ela sabia que eu não gostava deles.

Perto da cerejeira, Juliette parou e pareceu conversar com a lebre, mostrando a ela a casa, o jardim.

— Ah, larga logo essa coisa, Jules — murmurou Harrie.

Por fim, Juliette se agachou, desenganchou as garras do animal de sua camisa e o soltou na direção do matagal.

Richard ficou se perguntando se o animal teria vindo até a casa pelo mesmo motivo que a raposa tinha ido até a barraca. Ali havia comida. Havia abrigo. Mas a lebre tinha parecido tão ansiosa para se afastar de Starve Acre antes que era estranho ter retornado assim tão cedo.

— Nós devíamos começar a trabalhar na segunda demão — disse Harrie, quando Juliette voltou para dentro.

— Segunda demão? — Juliette olhou para trás, tentando descobrir para onde a lebre tinha ido.

— No quarto do bebê — disse Harrie.

— Ok, sim, vamos lá — disse Juliette, e ficou espiando pela janela da cozinha enquanto Harrie a conduzia de volta, escada acima, para que continuassem pintando.

— Você traz a tinta, Richard? — pediu ela.

Pegando as latas de tinta, ele as seguiu, deixando que Cass latisse para a porta dos fundos até que tivesse certeza de que a lebre tinha ido embora.

Richard ouviu o cachorro mais uma vez aquela noite, ganindo e chorando. Depois, escutou um grito de Harrie pedindo ajuda.

Do outro lado do corredor, Richard a encontrou ajoelhada no chão do quarto, afagando o corpo de Cass, que se contorcia. Havia sangue por toda parte, contra as paredes, o tapete, o abajur na mesa de cabeceira.

— Meu Deus, o que aconteceu? — disse Richard.

— A lebre estava aqui — disse Harrie, abraçando o que ainda restava da cadela. — Eu tentei enxotá-la.

Suas mãos também estavam arranhadas e sangrando.

— Onde ela está agora? — disse Richard.

— Eu sei lá! Ela se escondeu em algum lugar dentro da casa. Juliette foi procurar por ela.

— Fique aqui — disse ele.

Ele fechou bem a porta atrás de si e ouviu o barulho das garras da lebre nas tábuas do assoalho que levavam ao topo da escada.

Richard foi atrás dela e a lebre disparou pelo corredor, suas patas traseiras dando coices conforme ia ganhando velocidade. No pé da escada, ela se atrapalhou com a própria inércia, tropeçou e saiu rolando até a mesa de telefone, derrubando o cinzeiro. Coberta de cinzas, a lebre ficou patinando freneticamente até recuperar a estabilidade. Quando Richard conseguiu chegar no térreo, ela estava correndo que nem uma flecha em direção à cozinha, onde subiu na mesa e depois na pia antes de encontrar uma janela que estava meio aberta. Se enfiando pela fresta, ergueu primeiro uma pata traseira e depois a outra por cima do parapeito, e Richard ouviu quando ela caiu em cima da tampa da lixeira no lado de fora.

Juliette estava no jardim e, ao ver a lebre, sorriu e acenou para ela. O animal foi saltitando pela grama, e Juliette o pegou no colo.

Ela entrou na cozinha limpando o sangue em suas garras e focinho. Sua voz havia adotado um tom reconfortante, mas ela o mudou quando avistou Richard.

— O que você fez com ele? — disse ela.

— Não traga essa coisa para dentro de casa, Juliette.

— Eu perguntei o que você fez com ele.

— Esse sangue é da Cass — respondeu Richard. — Essa coisa rasgou ela em pedaços.

— Bem, o cachorro deve ter provocado ele — disse Juliette, indo em direção à porta da cozinha.

— Achei que você tinha soltado essa coisa.

— Bom, mas ele voltou, não foi?

Richard segurou-a pelo braço. A lebre o examinou com seus olhos que não piscavam.

— Leve-a lá para fora — disse ele.

— Ele está com frio e com fome. Eu não vou abandoná-lo no escuro.

— Esse é um animal noturno — disse Richard. — Acho que vai sobreviver. Leve-o para o jardim.

Ela se desvencilhou dele.

— Deixa comigo, então — disse ele. — Eu vou levar.

— Não toca nele, porra. — A voz elevada de Juliette chegou a ecoar.

Ela passou por ele no corredor, deparando com Harrie no pé da escada. As duas começaram a discutir, e Richard foi tentar impedir que as coisas saíssem do controle.

— O que eu vou dizer para Shona quando voltar para casa? — dizia Harrie. — Cass está morta.

— Acho que ela nem vai notar — disse Juliette.

— O que você está querendo dizer?

— Você sabe o que estou querendo dizer.

Harrie olhou para Richard.

— Por favor, livre-se dela — disse ele. — Leve-a para a área de serviço, pelo menos. Eu forro o chão com palha ou algo assim.

— Você ia querer dormir na área de serviço? — rebateu Juliette.

— Olhe para mim, pelo amor de Deus — disse Harrie, mostrando sua blusa e as mãos cobertas de sangue para Juliette. — Olhe só o que essa coisa fez.

— Ele só estava se defendendo.

— Da Cass? — disse Harrie. — Ela tem a metade do tamanho dessa coisa.

A lebre se retorcia nos braços de Juliette, e ela começou a subir as escadas, seguida por Richard.

— Você estava indo tão bem — disse Harrie, também indo atrás dela. — Você estava melhorando, Jules.

— Meu Deus — disse Juliette. — Você nunca para de falar? É a única coisa que você faz.

— Não fale assim. Eu só estou tentando ajudar.

— Ninguém pediu para você interferir.

— Tenho certeza de que não foi para isso que ela veio, Juliette — disse Richard.

— Não me venha com essa — retrucou Juliette. — Você também não queria que ela viesse.

— Escuta, Jules, por que você não volta comigo para casa, para Edimburgo? — disse Harrie. — Venha ficar com a gente, ou com a mamãe e o papai. Passar um tempo longe daqui vai fazer maravilhas por você.

Na porta do quarto do bebê, Juliette tapou uma das orelhas.

— Chega — disse ela. — Pare com isso.

— Não — disse Harrie. — Eu não vou desistir, Jules. Você precisa falar. Você não pode ficar com tudo isso preso na sua cabeça.

— Mas como você reclama — disse Juliette. — Pensei que Rod tinha tirado isso de você no tapa.

Harrie ficou olhando para ela e, depois de algum tempo, disse:

— Você precisa de ajuda. Precisa mesmo.

Richard tirou Harrie dali e Juliette entrou no quarto com a lebre sobre seu ombro.

— Eu não aguento mais — disse Harrie. — Qual é o problema dela?

— Eu vou falar de novo com ela de manhã — disse Richard.

Harrie abriu as mãos e olhou para o colo, todo sujo de sangue.

— Vá se lavar — disse Richard. — Eu cuido da Cass. Vou enterrá-la.

Mas Harrie estava olhando para alguma coisa atrás dele, sacudindo a cabeça.

Quando ele se virou para olhar, Juliette estava colocando a lebre dentro do berço.

Ela acariciou suas costas e orelhas e, depois, vendo que Richard e Harrie estavam olhando para ela, fechou a porta e a trancou.

Pegando um dos caixotes de madeira que usou para capturar a lebre, Richard foi até o quarto de hóspedes e descobriu que Harrie havia estendido a fronha de um travesseiro sobre o corpo do cachorro. O sangue se infiltrava pelo tecido de algodão azul que nem mancha de óleo.

Ele pôs o cadáver dentro da caixa e o levou até o jardim. Uma leve garoa estava caindo, e, sob a luz da janela da cozinha, cavou um buraco ao lado da estufa.

Ele ouviu Sam Westbury passando pela estrada em sua caminhonete e ficou se perguntando se ele teria alguma experiência com lebres. Certamente, já havia precisado lidar com elas em seu campo de feno. Ele saberia como fazer uma armadilha para capturar uma lebre. Ou, melhor ainda, saberia como matá-la. Agora aquela parecia ser a única solução, considerando que o animal havia se comportado de maneira tão agressiva. Ele poderia ser atraído para fora da casa, direto para a mira de uma espingarda... Mas talvez fosse melhor fazer aquilo longe de Juliette. Discretamente. Uma armadilha de laço no bosque, ou algo assim. Se bem que ele suspeitava que a lebre era astuta demais para ser pega desse jeito.

Com a cova à sua frente funda o bastante, ele cravou a pá no solo e fez com que Cass rolasse para fora da caixa de madeira. Seus ferimentos ficaram aparentes quando ela se libertou de sua mortalha improvisada. A lebre tinha rasgado sua barriga, e quase decepado uma de suas patas.

Pouco depois da meia-noite, o telefone tocou duas vezes no corredor, mas quando Richard despontou no topo da escada, Harrie já tinha atendido.

— Sim, sou eu, Osman — disse ela, prendendo o fone entre a orelha e o ombro para acender um cigarro. — Obrigada por retornar a ligação... Sim, eu sei que horas são... Sim, agradeço muito... Perdão, eu não sabia... Não, eu não posso falar mais alto... Bom, por que você acha que eu não posso?

Ela deu uma tragada e soltou uma nuvem de fumaça.

— Não — disse ela —, as coisas não estão bem. É por isso que eu queria falar com você... Bom, eu diria que é urgente... Olha, não consigo fazer com que ela saia de casa... Você vai precisar vir até aqui... Bem, não — continuou, batendo a cinza. — Na verdade, ela não concordou explicitamente em vê-lo. Mas, ao mesmo tempo, ela não está sendo nem um pouco sensata... Não, não, foda-se o consentimento dela, todo mundo estaria morto antes de ela fazer isso. *Eu* estou pedindo para você vir... Eu sou a irmã dela, não é o suficiente?... Eu não estou sendo agressiva... Sim, eu sei que está tarde... Mas ela está tão mal, Osman. Dói vê-la desse jeito... Não sei o que aqueles desgraçados disseram para ela aquela noite...

Ela deu uma tragada no cigarro e enxugou os olhos.

— E se você viesse aqui como convidado, não como médico? Aí seria uma visita social, não uma consulta... É claro que seria diferente... Sim, eu sei que você precisa ser convidado em primeiro lugar, eu vou falar com Richard sobre isso... Olha, você disse que me ajudaria, não disse?... Então por que você está sendo tão evasivo?

Harrie ficou escutando por algum tempo, deixando o cigarro arder por entre os dedos.

— Vá direto ao ponto, Osman — disse ela. — Você vem ou não vem?

A resposta foi obviamente seca.

— Você não pode ou não quer? — disse Harrie, e desligou o telefone.

Ela ficou ali sentada por um tempo e depois apagou o cigarro dentro do cinzeiro.

— Imagino que você tenha ouvido tudo isso, né? — disse ela, sabendo que Richard estava ali. — Você deve estar feliz.

Richard desceu até o corredor. Os nós dos dedos e os pulsos de Harrie estavam cobertos de arranhões feitos pelas garras da lebre.

— Isso não está doendo? — disse ele.

Harrie o encarou.

— Não mude de assunto, Richard. Eu quero saber por que você estava ouvindo uma conversa particular.

— Não devia ser assim tão particular se você atendeu o telefone no corredor — disse ele, pegando as mãos dela para examinar os ferimentos mais de perto.

Os cortes na base do seu polegar ainda estavam úmidos, e ela apertou os lábios de dor.

— Eu deveria levar você num médico — disse Richard. — Você não vai querer que isso aí infeccione.

— Eu sou totalmente capaz de lavar as minhas próprias mãos — retrucou ela.

— Sim, mas você vai precisar passar alguma coisa nesses machucados. Deve ter um pouco de iodo no banheiro.

Ele soltou as mãos dela, e ela inspecionou as lacerações.

— Nunca tinha visto um animal furioso daquele jeito — disse ela. — Eu não conseguia segurar o bicho. Ele era muito forte.

— Ela provavelmente só estava assustada — disse Richard.

— Não — disse Harrie. — Ela veio para cima da Cass.

— Por que ela faria isso?

— Eu só estou contando o que aconteceu, Richard.

— A Cass não avançou nela primeiro?

— Claro que não. Ela ficou apavorada. Ela não entendeu o que estava acontecendo.

Furiosa e exausta, Harrie sacudiu o maço atrás de mais um cigarro e o acendeu. Apesar de ter lavado as mãos, ainda havia sangue no seu cabelo e atrás de uma das suas orelhas.

— Eu vou tirá-la de dentro da casa — disse Richard. — E vou levá-la embora e garantir que nunca mais volte.

— Você vai matá-la?

— Sim. Acho que sim.

— Como? — disse Harrie. — Juliette não quer abrir a porta.

— Ela está de cabeça quente — disse Richard. — Ela vai se acalmar.

— Acho que não. Você viu a expressão no rosto dela.

Richard virou-se para subir a escada.

— Então deixa eu falar com ela — disse ele.

— Ela não vai escutar. Não aqui. Não enquanto estiver obcecada por aquele animal. Ela precisa de tratamento adequado, Richard.

— Num hospital?

— Nós temos alguma outra escolha agora?

Ele a deixou fumando e foi para o segundo andar, ligando as luzes conforme subia. Na porta do quarto do bebê, ele chamou por Juliette, mas seus apelos foram sufocados pelo som do berço balançando sobre as tábuas do assoalho. Ele tentou girar a maçaneta. Bateu com a palma da mão na porta de madeira. Em resposta, Juliette ligou o velho toca-discos de Ewan e Richard parou para escutar, tentando entender quando ela poderia ter trazido de volta aquelas caixas da área de serviço. Ou, melhor, como. Ela tinha estado praticamente o dia inteiro sob a vigilância de Harrie. Aquilo devia ter acontecido durante um descuido. Não era de sua natureza ser dissimulada. Ela havia tido um momento de fraqueza, era só isso, e Richard sabia que ela devia estar se torturando por revisitar a vida de Ewan.

— Eu só quero saber se você está bem — disse ele.

Mas ela foi aumentando o volume de "Who Killed Cock Robin?" até que a voz e o piano se transformassem num ruído distorcido.

Richard esperou, girou mais uma vez a maçaneta, depois foi até o escritório. No corredor, ele ouviu Harrie falando novamente com Osman ao telefone. Não adiantaria nada. Mesmo que ele fosse convencido a conversar com Juliette, era difícil imaginar que diferença poderia fazer.

O psiquiatra que sua mãe tinha chamado para ir até Starve Acre quando o comportamento de seu pai não pôde mais ser justificado como fadiga ou excentricidade tinha feito pelo menos meia dúzia de visitas, cobrando trinta libras por vez, para não chegar a lugar algum. Em Brackenburn também tinha sido igual. O problema era que seu pai não achava que havia nada de errado com ele. De que adiantaria a cura para um homem que não estava doente? Era a mesma coisa que tentar apagar um fogo que nunca fora aceso.

Mesmo depois de — quanto tempo havia se passado, afinal? — onze ou doze anos desde a morte de seu pai, ainda era fácil lembrar de Brackenburn, com seu cheiro de desinfetante e das cozinhas, e seus corredores longos, como os de um convento. Sempre havia alguém se lamentando em algum canto. As enfermeiras estavam sempre correndo.

No quarto onde o pai de Richard morreu e sua mente finalmente se apagou, não havia nada além de uma mesa de madeira e lençóis engomados. Uma barra discreta entrecortando a janela.

Tinha de haver um destino melhor do que esse para Juliette.

Richard começara a achar que Harrie tinha razão. Não estava fazendo bem para Juliette ficar em Starve Acre, isso era claro. Ela precisava ir embora. Não voltar a morar com a família, mas ir para algum território neutro, onde ela tivesse a oportunidade de pensar com mais clareza. Talvez Stella pudesse hospedá-los por uns dias e dar aos dois algum espaço. Quanto mais a ideia ia se consolidando, mais lhe parecia crucial tirar Juliette daquela casa o mais rápido possível.

Na tarde seguinte, Richard ouviu Harrie subir as escadas e se aproximar do escritório. Ela não bateu.

— É a Juliette — disse ela, sinalizando para que ele se levantasse.
— Ela sumiu. E levou o carrinho do Ewan.

Eles foram até a estrada e olharam nas duas direções. Richard chamou por Juliette e não ouviu nada em resposta.

— Será que ela foi até o vilarejo? — disse Harrie.

Outro chamado e mais silêncio.

— Onde ela costumava passear com Ewan? Na mercearia? Ela não teria ido até a casa do seu amigo, né?

Richard achava que não, mas, mesmo assim, Harrie o convenceu a ligar para Gordon, que se ofereceu imediatamente para pegar sua van e procurar por ela.

— E se eu a encontrar? — perguntou ele.

— Ligue para cá — disse Richard. — Harrie vai ficar aqui.

Mas, quando ele desligou, ela já estava do lado de fora e puxando a chave do carro. Richard sentou no banco do carona do Austin e Harrie conseguiu dar partida no motor na terceira tentativa.

Ela virou à esquerda e seguiu a estrada, contornando o urzal. Depois de um tempo, eles entraram na área central daquela região, muito mais desabitada, onde o terreno subia e descia e, por fim, dava em Micklebrow, uns cinco quilômetros adiante.

Ewan sempre gostou de brincar de guia quando eles passeavam por ali. Gostava de traçar seu progresso com o dedo no mapa, fascinado com o fato de os desenhos corresponderem ao que via; que ele, mamãe e papai podiam estar ali na vida real, e ao mesmo tempo no mundo do mapa de papel. Ele nunca conseguiu percorrer o caminho inteiro até Micklebrow a pé, no entanto, embora sempre alegasse ser capaz. Depois de pouco mais de um quilômetro, começava a arrastar os pés e eles paravam para descansar no Siblings.

Os quatro pedregulhos irregulares ficavam sobre um afloramento de calcário e, apesar de Richard ter explicado a Ewan como tinham ido parar lá — como tinham sido lentamente trazidos de Ribblehead até ali pelas geleiras, treze mil anos antes —, o menino preferia a história que Gordon havia contado a ele. Que aquelas rochas silurianas cobertas de musgo eram, na verdade, os filhos e filhas de um viúvo que, morrendo de medo de perdê-los como havia perdido sua esposa, encontrou uma maneira de transformá-los em pedra para preservá-los por toda a eternidade. A história não tinha muita lógica, mas isso não importava. Se você encostasse a orelha na pedra, poderia ouvi-los falando. Se deixasse uma flor numa das rachaduras, ela desapareceria no dia seguinte. Não por ter sido comida por ovelhas ou levada pelo vento, mas por ter sido aceita como presente, de uma criança viva para outra.

Os outros alunos na turma de Ewan riram dele por acreditar numa história tão boba, mas ele não conseguia entender o porquê. Juliette explicou que eles estavam apenas sendo maldosos, que estavam zombando dele porque não conseguiam pensar em nada melhor para fazer. Mas não era incomum, a Dra. Monk disse a eles na clínica, que algumas crianças tivessem dificuldades para diferenciar o imaginário do real. Elas não conseguiam entender. Para elas, tudo era real.

Foi Ellis quem marcou uma consulta com Monk para eles. Ele a elogiava até não poder mais. Juliette havia ficado aliviada de saber que existia alguém que talvez fosse capaz de ajudá-los, e Richard ficava feliz de vê-la sorrindo novamente. Mas eles não deviam ter ido. Deviam saber como Ewan se comportaria antes de irem até lá. Ele não tinha acreditado em nenhuma de suas mentiras sobre o lugar para onde estavam indo, nem nos seus motivos, e, quando chegaram lá, estava tenso e relutante.

Porém Monk já tinha visto de tudo e, quando apareceu na sala de espera e os convidou para entrarem em seu consultório, ela simplesmente identificou a oposição de Ewan e pediu à sua colega que o levasse à sala de brinquedos no fim do corredor enquanto ela conversava com o Sr. e a Sra. Willoughby.

Ela tinha o nariz adunco, cabelo grisalho e veias rompidas pelo rosto — provavelmente pareceria muito intimidadora para uma criança, não fosse a doçura em seu olhar.

— A mamãe e o papai não vão demorar — disse ela. — Você estará aqui pertinho.

Assim, o menino saiu arrastando os pés atrás da enfermeira, carrancudo e resignado.

Juliette foi quem mais falou, enquanto Monk ia fazendo anotações sobre o caso de Ewan, relembrando tudo que havia acontecido no ano anterior e chegando, por fim, ao pônei dos Burnsall.

— Ele disse que alguém mandou ele fazer aquilo — acrescentou Juliette.

— Outra criança? — perguntou Monk, olhando para ela com sua caneta posicionada.

— Não, alguém que ele imaginou — disse Juliette. — Alguém chamado Jack Grey.

Monk fez um sinal afirmativo com a cabeça.

— Ele tem certeza de que a voz dele é real — insistiu Juliette.

— Isso não é incomum.

— Então você já tratou outras crianças como Ewan? — perguntou Richard.

— Eu já tratei muitas crianças com alucinações auditivas — disse Monk, tampando sua caneta com precisão. — Mas se é ou não isso que está acontecendo com Ewan já é outra questão.

— Mas só pode ser isso — disse Juliette.

— Eu sei que essa parece ser a resposta mais lógica — respondeu Monk. — Mas eu preciso passar algum tempo com Ewan antes de emitir um diagnóstico como esse. E também pode ser que eu não consiga.

— Como assim? — disse Juliette.

— Bem, pode ser que não exista nenhuma condição que eu possa diagnosticar, Sra. Willoughby.

— Mas está tudo aí — disse Juliette, olhando para as anotações de Monk. — Você não pode me dizer que não há nada de errado com ele. Isso não é um comportamento normal para uma criança de cinco anos.

Monk sorriu para ela.

— Eu preciso ter plena certeza — disse ela — antes de sair colocando um rótulo numa criança. Não é esse o meu objetivo.

— Quanto tempo? — perguntou Juliette.

— Perdão?

— De quanto tempo com ele você precisa? Semanas? Meses?

Franzindo um pouco a testa, Monk disse:

— Isso não é algo que eu possa lhe dizer agora, infelizmente. Vou conversar com ele hoje, é claro, e talvez eu possa lhe dar uma ideia depois disso.

— Só estamos preocupados com ele faltando à escola — explicou Richard.

— Vocês o tiraram daquela que ele estava frequentando, certo? — disse Monk, folheando suas anotações.

— Não tivemos escolha — disse Juliette, e Richard concordou.

A diretora havia tentado convencê-los a deixar que Ewan ficasse, mas, quando perguntaram a ela como o garoto poderia sentar-se numa sala de aula cheia de filhos de fazendeiros todos os dias depois do que ele havia feito, ela não conseguiu dar uma resposta.

— Bom, eu tenho certeza de que uma pequena pausa não vai lhe causar nenhum mal — disse Monk. — E pode ser que uma nova escola faça enorme diferença no comportamento dele. Isso acontece.

— Então podemos procurar outro lugar? — disse Juliette.

— É claro que sim.

— Uma escola normal?

— Sim — garantiu Monk —, uma escola normal.

— Mas eles vão aceitá-lo? Do jeito que ele é?

Monk refletiu por um instante e depois olhou para os dois.

— O que nós precisamos fazer — disse ela — é tentar entender se essa agressividade tem chances de se manifestar novamente no futuro. E a maneira de fazer isso é descobrir o que desencadeia esses episódios em primeiro lugar.

— Ewan não é agressivo — disse Juliette.

Ela viu que Monk estava relendo o relato sobre a festa da primavera.

— O que eu quis dizer é que ele não deveria ser agressivo — continuou Juliette. — Richard e eu não somos desse jeito. Ewan só não está bem.

— Me diga quando você acha que isso começou — disse Monk. — Foi quando ele entrou na escola ou antes disso?

— Na escola, com certeza. Ele nunca havia sido desse jeito até entrar na Holy Cross — disse Juliette.

— Ele nunca deu a vocês nenhum motivo para se preocupar?

— Desse jeito, não.

— Ele tem amigos?

— Na verdade, não.

— E quando ele estava na creche? Ele brincava com as outras crianças?

— Às vezes. Quando conseguia. Ele não era tão desenvolvido quanto elas. Ele é prematuro, como eu disse.

— Ele criava suas próprias brincadeiras?

Juliette pôs a mão espalmada sobre a mesa.

— Olha, eu sei onde você está querendo chegar com isto: que ele estava solitário e criou um amigo imaginário.

— É uma possibilidade — disse Monk.

— Mas a voz que ele escuta não é amigável — disse Richard. — Ele tem medo dela.

— Toda criança tem a capacidade de fazer com que suas fantasias pareçam muito reais — disse Monk.

— Algumas mais que as outras? — disse Juliette.

— Existem crianças que realmente confundem as duas coisas, sim — disse Monk.

— Ewan é assim, então.

— De novo, talvez seja o caso, Sra. Willoughby, mas nós realmente precisamos tentar entender como ele percebe essa voz. Se ela parece estar vindo de fora ou se é apenas um eco da sua imaginação. Você mesmo disse, Sr. Willoughby, que o amigo de vocês contou histórias sobre Jack Grey para Ewan.

— Que diferença faz como a voz foi parar na cabeça dele? — disse Richard. — O mais importante, obviamente, é tirá-la de lá.

— Neste caso, precisamos descobrir a raiz da infelicidade de Ewan.

— Mas com o que ele poderia estar infeliz? — disse Juliette. — Nós damos tudo a ele.

— Isso não tem nada a ver com o que ele tem, infelizmente — respondeu Monk. — Se tivesse, meu trabalho seria muito simples. Tem a ver com como ele se sente. São duas coisas muito diferentes.

— Elas não estão nem um pouco interligadas?

— Não de uma forma tão direta quanto você pensa.

— E Ewan vai precisar tomar remédios?

— Perdão?

— Se você o diagnosticar com alguma coisa, ele vai precisar tomar comprimidos?

— Sra. Willoughby — disse Monk. — Estamos muito longe disso ainda. Não tenho como dizer. Espero que não.

— Você tem resposta para alguma coisa? — disse Juliette.

— Vai levar tempo — respondeu Monk, calmamente. — Mas tenho certeza de que chegaremos lá.

— Pensei que você fosse nos ajudar.

— É exatamente o que eu espero fazer.

— Então por que você não está me ouvindo? — disse Juliette. — Eu já falei tudo. Agora, me diga qual é o problema do meu filho.

Ela começou a chorar copiosamente, afastando a mão de Richard quando ele insistiu que eles precisavam ter paciência. Monk tratou seu desabafo da mesma forma como havia tratado o ressentimento de Ewan mais cedo, e levantou-se para pegar um copo de água para Juliette no filtro que ficava no corredor. Ela deixou a porta do consultório aberta e continuou falando enquanto enchia o copo, embora Juliette não estivesse escutando, nem Richard.

O lugar o fazia lembrar de Brackenburn. Por trás da tinta amarela havia marcas de umidade e partes com a pintura descascada. O cheiro de carpete úmido de hospital estava por toda parte. Os cômodos eram grandes demais. Sempre havia traços de outras conversas pairando no ar. Vozes se espalhavam pelo lugar, principalmente a de Ewan.

Mesmo separados por duas portas, eles o ouviram chorando — não, berrando, chamando por eles. Juliette deixou o consultório de Monk com Richard, encontrou a sala de brinquedos e, ignorando a enfermeira, pegou Ewan no colo e o afastou dali. Monk foi atrás deles, insistindo que não era incomum que uma criança reagisse daquela maneira a um ambiente desconhecido, e que se eles ao menos esperassem até que ele se acalmasse...

A porta dupla que levava ao estacionamento cortou sua voz.

— O que ela falou, Ewan? — disse Juliette. — O que houve?

Durante todo o trajeto até saírem da cidade, ela repetiu as mesmas perguntas.

— O que a enfermeira fez para deixar você desse jeito? Do que vocês falaram? Ela não era uma moça legal?

— Não era uma mulher que estava falando — Ewan finalmente respondeu. — Era o Jack Grey.

Após passar pelas rochas, Harrie acelerou novamente, descendo até uma vasta região pantanosa, coberta de urzes. O campo aqui era aberto e deserto, e grande parte da neve do inverno ainda resistia, obrigando as ovelhas dos Drewitt a se alimentarem numa manjedoura cheia de feno às margens da estrada. Uma nova formação de nuvens trouxe mais chuva e geada, que formavam listras de lodo frio nos limpadores de para-brisa. Harrie se inclinou para a frente em seu banco, limpou o para-brisa embaçado com a manga e ficou olhando para a estrada, que se estendia pelo urzal como uma fita cinzenta.

— Lá está ela — disse Harrie, avistando Juliette quase quinhentos metros à frente. — Essa vaca idiota deve estar encharcada.

Acelerando ainda mais, ela ultrapassou Juliette e foi parar alguns metros adiante. Richard queria muito ser o primeiro a falar com ela, mas Harrie foi mais rápida e já tinha saído do carro quando ele ainda soltava o cinto de segurança.

— Entre no carro, Juliette — disse ela, segurando o cotovelo da irmã. — Estou falando sério. Isso é uma estupidez.

Juliette desvencilhou-se dela e seguiu empurrando o carrinho.

— Onde diabos você vai? — disse Harrie.

— Silêncio. Estou tentando fazer ele dormir — disse Juliette. — Me deixe em paz.

Richard a parou colocando uma mão sobre a capota do carrinho. Lá dentro, a lebre o encarava.

— Volte para casa com a gente — disse ele.

— Eu não quero ir para casa. Estou dando um passeio — disse Juliette.

Harrie colocou as mãos por dentro das mangas.

— Jules, olhe como está o tempo.

— E daí? — disse Juliette. — É só água. Eu não vou morrer.

— Você está a quilômetros de casa — disse Richard. — Se você entrar no carro da Harrie, a gente chega lá em dez minutos.

— E o que eu vou fazer com esse carrinho? — questionou ela. — Deixar aqui?

— Sim — disse Harrie. — E essa coisa maldita também.

A lebre se retorceu e deu coices debaixo das cobertas, e Juliette se debruçou sobre o carrinho e a cobriu novamente.

— Eu não sei o que você está pensando que isso é — disse Richard. — Mas você precisa se livrar disso.

— Se livrar dele? Mas nós o convidamos para vir até a nossa casa, Richard — disse ela. — Ele está aqui porque nós queríamos que estivesse.

— Eu sabia que aqueles desgraçados deixariam tudo pior — disse Harrie.

— Pior? — disse Juliette. — Eles deixaram tudo claro, Harriet. Tudo faz sentido agora. Eu estou feliz.

Uma nova onda de chuva gelada varreu o urzal.

— Se você não quer que ela fique resfriada — disse Richard, vendo Juliette ajeitar as cobertas da lebre —, eu sugiro que você volte com a gente agora.

Juliette se virou, pronta para brigar com ele.

— Não faça de conta que você está preocupado com ele. Eu sei o que você quer fazer — disse. — Você e ela.

— Juliette, por favor.

Ela se desvencilhou da mão dele e seguiu pela estrada, inclinando a cabeça para enfrentar a chuva.

Harrie entrou de volta no carro e Richard juntou-se a ela, encharcado e com a pele dormente, a calça colada às pernas.

— Nós temos que segui-la — disse Harrie.

— Ela não vai ouvir você.

— Então o que nós devemos fazer, ficar aqui esperando?

— Eu não sei — disse Richard. — Eu realmente não sei.

Com exceção de fisicamente arrastá-la para dentro do carro, parecia não haver nenhuma opção além de deixá-la ir para onde queria.

Harrie ligou os limpadores de para-brisa novamente.

— Eu vou ter que ligar para a mamãe e o papai. — disse.

Richard não respondeu, e ela entendeu aquilo como uma reprovação.

— Olha, nós precisamos da ajuda deles — disse ela. — O Osman não virá, e eu não consigo convencer a Juliette a sair daqui. Nós temos de fazer alguma coisa, Richard. Se nós pudéssemos, pelo menos, nos livrar daquele animal, já seria um começo.

— Como a gente se livraria dele? Você mesma disse, ela nunca o perde de vista.

— Eu estive pensando — disse Harrie. — Podemos misturar alguma coisa na comida dele. Ela vai precisar alimentá-lo em algum momento, certo?

— Misturar o quê?

— Veneno — disse Harrie. — Você deve ter alguma coisa. Você mora no campo. Você não tem ratos?

Se eles alguma vez tinham comprado veneno, Juliette certamente teria insistido para que ficasse guardado fora da casa, longe do alcance de Ewan, então, quando voltaram a Starve Acre, Richard e Harrie foram vasculhar o galpão. O lugar tinha um cheiro maravilhosamente comum, de óleo e creosote. Nas prateleiras havia pacotes fechados de sementes, vasos de planta feitos de plástico, frascos de diluidor de tinta e álcool desnaturado. Tudo coberto de teias de aranha e aranhas ressecadas.

 Harrie encontrou uma escada dobrável e Richard foi até os fundos do galpão, onde seu pai guardava sacos de farinha de osso e garrafas de um preparado caseiro que ele usava para matar os dentes-de-leão. Sobre a bancada, suspensa na horizontal por um par de pregos salientes, estava a rede de pesca que Richard tinha comprado para Ewan no verão anterior, numa tentativa de transformá-lo no pequeno Huckleberry Finn com o qual Juliette sempre havia sonhado.

Depois da maneira que ele havia se comportado na clínica, a ideia de ficar na companhia do menino dentro de casa o tempo todo começou a incomodar Juliette. Era pouco provável que ele começasse numa nova escola antes de setembro, isso se voltasse à escola. O que ela deveria fazer até lá? Ela não queria ser deixada a sós com ele.

 Richard trabalhou de casa durante o verão, e quando o recesso escolar começou, ele se dedicou a tirar Ewan de dentro de casa o máximo que conseguia.

 O menino ainda não gostava de andar pelo campo, mas a presença da rede de pesca em suas mãos parecia apaziguar suas preocupações. Ou, no mínimo, sua empolgação superava a apreensão. Como distração adicional, Richard deu início ao ritual de recitar os nomes de todas as espécies de água doce que fossem capazes de lembrar enquanto atravessavam o bosque, de mãos dadas, como se, ao pronunciar seus nomes, os peixes estivessem sendo enfeitiçados para caírem na rede do garoto. Depois disso, eles ficavam sentados às margens do riacho por pouco mais de uma hora, pacientemente varrendo a água com a rede. Richard nunca apressava Ewan. Todas as reclamações que haviam feito a seu respeito na escola — que ele era preguiçoso e petulante — estavam sendo remediadas ali. Ele também era cuidadoso ao puxar para fora da água o que quer que tivesse capturado e colocar em seu balde amarelo. Ah, se os Burnsall pudessem vê-lo agora, pensou Richard, entenderiam que ele simplesmente não estava bem no dia da festa, e que se irritou com facilidade, porém não por culpa sua. Ele não teve a intenção de machucar o cavalo deles. Se pudessem estar ali no riacho, e vissem como ele era tranquilo, Richard gostava de pensar que, talvez, tivessem alguma compaixão por ele.

Numa tarde quente em agosto, uma semana antes de encontrar o menino sem vida em sua cama, Richard havia levado Ewan até o bosque para ver o que ele conseguiria pescar. Ele tentou a sorte por um tempo no trecho dos seixos, próximo aos salgueiros, mas colheu apenas pedregulhos. No fim das contas, eram até bem bonitos: uns pedaços grandes de calcário e quartzo.

   Ewan separou os mais redondos e lisos, lavou-os na parte rasa, e depois embrulhou no lenço que Richard sempre enfiava dentro do bolso do garoto antes de sair de casa.

   — Vamos tentar na Ponte Willoughby — disse Richard, e Ewan sorriu, porque havia sido o próprio garoto que batizara daquele jeito a árvore tombada em cima do riacho.

Era um bom lugar para pescar. A boca da rede ficaria escondida na sombra do tronco, e muitos animais nadariam para dentro dela sem sequer perceber que haviam sido capturados.

Richard o observava de perto. Agora que estava longe da escola, ele parecia diferente. Outra pessoa. E lhe doeu pensar que estivera tão cego de preocupação que só agora percebia como o menino estava crescendo.

— Olhe — disse Ewan.

Ele havia pegado alguma coisa que se debatia na rede. Uma enguia, escura e pegajosa.

— Rápido, papai, o balde.

Richard o encheu com água do riacho e Ewan pôs a enguia lá dentro, onde ela nadou para liberdade, batendo no balde com a cauda.

— Vou pegar outra dessas — disse ele, voltando para o seu lugar no tronco.

Ele logo pegou outras três e as colocou dentro do balde, onde elas ficaram se enroscando umas nas outras, formando um nó que repetia eternamente o processo de se amarrar.

— Posso levar para casa? — perguntou Ewan, agachado, examinando as criaturas atentamente.

— Acho que elas preferem ficar aqui no riacho — disse Richard.

— Mas eu queria mostrar para a mamãe.

— Eu não sei se a mamãe vai gostar muito de ver essas enguias. O que você acha?

— Talvez ela goste.

— Bom, talvez a gente possa convencê-la a vir até aqui e ficar assistindo você pegá-las.

— Mas talvez eu não consiga pegar nada quando ela vier.

— Dá na mesma.

— E se a gente levar para casa para mostrar para a mamãe e depois trouxer elas de volta?

— O balde ia ficar muito pesado, Ewan.

— Mas eu estou forte agora.

Sim, ele estava. E ao olhar para ele ali, naquela luz filtrada pelas árvores, Richard conseguiu, por um instante, imaginar como ele seria aos dez ou dezesseis anos.

Com o tempo, quando virassem um mero instante dentro do plano geral de sua vida, aqueles últimos doze meses pareceriam cada vez mais insignificantes. Talvez ele até mesmo os esquecesse por completo. O que Ewan tinha sido não precisava determinar o que ele viria a se tornar.

Este pensamento, mais que tudo, assombrou Richard por semanas após o funeral. Ewan poderia ter sido diferente. Ele poderia ter ficado bem. Mas não deu tempo. Agora, aos olhos das outras pessoas, ele nunca se redimiria. Ele seria, para sempre, aquele garotinho violento.

Como Richard suspeitava, não havia veneno algum no galpão, mas ele tinha certeza de que encontraria no Cannon's, e prometeu a Harrie que pegaria o carro para ir até o vilarejo assim que desarmasse a barraca.

Ele se resignou ao fato de que se os pais de Juliette estavam vindo, viriam para ficar, e isso dificultaria a manutenção do seu trabalho no terreno. A presença dele seria requisitada dentro de casa, nem que fosse apenas para mediar as discussões que começariam, inevitavelmente, assim que chegassem. Assim como Harrie, Eileen não sossegaria até que Juliette estivesse longe de Starve Acre, no leito de um hospital. Mas era improvável que Juliette fosse até lá por vontade própria.

Quando chegou na beira da estrada, ele ficou olhando para ver se ela voltava para casa. Dez minutos se passaram. Quinze. Ele esperou mais dois e então rumou em direção à barraca.

Sob a luz da lamparina, o buraco que havia cavado parecia conter um emaranhado ainda maior, pois cada ramificação da raiz estava duplicada pela própria sombra.

Ele ainda teria de escavar todo o comprimento do retângulo que havia traçado, e decidiu que tentaria trabalhar no seu terço final e fotografar o que encontrasse lá antes de desmontar a barraca e cobrir tudo com uma lona.

O buraco agora estava fundo o suficiente para que pudesse se agachar lá dentro, e se ele fosse pisando cuidadosamente por entre o labirinto de ramificações, poderia remover a terra restante com maior controle. Não havia vantagem alguma em acelerar as coisas. Era melhor remover uma porção pequena com cautela do que vir com uma pá para acabar logo com aquilo. A pressa fazia com que as coisas se perdessem para sempre. Ele sempre dizia aos seus alunos que o segredo era simplesmente adotar uma postura respeitosa. O tempo tem uma maneira de cimentar as coisas com muita firmeza no solo, e, geralmente, você precisa massagear a terra para tirar essas relíquias de lá. Isso podia ser um castigo para os dedos, no entanto, especialmente ali, naquele campo, onde, em determinados trechos, o barro era grosso como argila, e saía em grandes blocos pegajosos que manchavam as palmas de suas mãos.

Um ramo específico foi ficando cada vez mais grosso conforme ele removia a terra, e, uns trinta centímetros adiante, se conectava a um pedaço de madeira atravessado em linha reta no terreno. À medida que Richard foi tirando o barro, ficou claro que aquilo não era uma das raízes. Estava coberto de cascas.

Ele começou a passar a mão por toda a extensão da madeira, removendo a terra coagulada e revelando-a cada vez mais a cada novo movimento que fazia. Era uma coisa tremenda, grossa e rugosa, como a tromba de um mamute. Seus dedos encontraram sulcos profundos abertos em sua carne, que se assemelhavam a marcas de corda.

Ele já tinha visto aquilo antes. Quando era estudante, em visita a Jerusalém, foi levado por uma dúzia de guias diferentes para ver uma dúzia de árvores diferentes, cada uma delas, é claro, o verdadeiro local do suicídio de Judas.

A menos que uma outra árvore gigantesca usada para enforcamentos tivesse crescido e morrido depois do Carvalho de Stythwaite neste mesmo local, aquele só podia ser o Velho Justiceiro.

Tomando impulso para sair da vala, Richard limpou as mãos na calça o melhor que pôde e depois posicionou sua câmera num lugar em que pudesse fotografar o que havia encontrado. Se aquele era mesmo o galho dos enforcamentos, ele podia apenas especular sobre os motivos pelos quais estava aqui. Se tivesse simplesmente caído ou sido cortado, teria se decomposto no solo. Era possível que ele tivesse afundado no barro mole, sendo gradualmente engolido pela terra, mas parecia muito mais provável que tivesse sido deliberadamente enterrado. Talvez os incidentes envolvendo os três meninos tivessem sido tão dolorosos que tudo que evocava sua lembrança foi removido em seguida. Talvez todos os vestígios de irregularidades legais também. Pois não era raro, naquele tempo, que multidões enfurecidas driblassem a legislação, ou que um juiz de paz presunçoso se autoproclamasse juiz, júri e carrasco. Mas qualquer que tenha sido o processo, a audiência sobre os crimes dos meninos foi rápida, e o seu veredito, incontestável. Apresentando Jack Grey como sua única defesa, as pessoas devem ter rido de seus argumentos e enforcado-os ainda mais rápido.

Uma hora depois, Juliette voltou para casa. Com a porta da frente aberta, ela entrou de costas, puxando o carrinho de bebê pelo corredor, deixando um rastro de água de chuva e lama por todo o piso. Ela estava ensopada, com o rosto corado de frio. Mas a lebre era a sua única preocupação, e ela a tirou de baixo dos cobertores, acariciando seu pelo.

— Mamãe e papai estão a caminho — disse Harrie, de pé ao lado de Richard no batente da porta da cozinha. — Eu os pegarei na estação agora à noite.

Juliette a ignorou e, ainda vestindo sua capa de chuva, carregou a lebre no colo escada acima.

— Você pode se trancar naquele quarto se quiser — disse Harrie, indo até o pé da escada. — Mas papai vai botar essa porta abaixo se for preciso. E ele também vai torcer o pescoço desse bicho filho da puta. Você sabe que ele vai.

Ela gritou o nome de Juliette dali mesmo, mas resolveu não ir atrás dela, em vez disso jogando sua frustração em cima de Richard.

— Você não ia ao vilarejo? — disse ela.

Por sorte, era Neville Cannon quem estava no caixa, e não sua esposa. Se Audrey estivesse ali, Richard ficaria preso por meia hora enquanto ela perguntava sobre Juliette, e sobre como estavam as coisas na casa, e se ela voltaria a trabalhar, além de compartilhar suas dicas infalíveis para acabar com ratos. Neville, por outro lado, gostava de passar o mínimo possível de tempo com os clientes, e trocou a caixa de pastilhas de veneno pelo dinheiro de Richard dando apenas um leve aceno de cabeça.

Na saída da loja, Richard viu Gordon se aproximar em sua van. Ele piscou os faróis e estacionou atrás do carro de Richard.

— Por favor, diga que você a encontrou — disse ele, abrindo a janela e se inclinando. — Estou subindo e descendo o vale há horas.

Expulso por Harrie de forma tão abrupta, e preocupado com o que aconteceria quando Eileen e Doug chegassem a Starve Acre, Richard havia se esquecido de avisar Gordon de que Juliette havia voltado para casa.

— Eu deveria ter ligado para você — disse ele. — Me desculpe.

— Não precisa se desculpar. Só espero que ela esteja bem.

— Ela está ótima.

Ele reparou no que Richard estava carregando.

— Problema com ratos? — perguntou.

— Acho que tem um ninho no jardim — disse Richard.

Gordon pareceu desconfiado.

— Por que você não passa lá em casa? — sugeriu. — Faz tempo que não nos vemos direito.

— Outra hora — disse Richard. — Os pais da Juliette estão vindo. Preciso voltar para casa.

— Os pais dela? — disse Gordon. — Por quê?

— Pais costumam visitar seus filhos de tempos em tempos.

— Diga para eles não virem. Ninguém deveria ficar naquela casa.

Richard começou a ir em direção ao carro.

— Não estou interessado nas histórias da Sra. Forde — disse ele.

— O que quer que esteja acontecendo em Starve Acre — disse Gordon, olhando novamente para o pacote nas mãos de Richard —, não é obra da Sra. Forde.

— Se você diz — respondeu Richard, tentando calcular se havia espaço suficiente para engatar a ré entre seu carro e a van.

— Eu quero falar com você — disse Gordon.

— Já disse, eu preciso voltar.

— Só um minutinho, Richard. Você pode me dar um minutinho, não pode?

Ele deixou a porta do carona aberta e, após hesitar por um momento, Richard subiu na van e sentou-se ao seu lado.

Seu casaco de lã estava com cheiro de molhado, e havia um toque adocicado de álcool em seu hálito.

— Eu sei que você encontrou alguma coisa no campo — disse Gordon, erguendo uma das mãos para interromper a negativa de Richard. — E eu sei que você não vai me dizer a verdade sobre isso. Eu não quero discutir, só quero que você me escute.

Richard sinalizou que estava ouvindo. Preso na van, ele não tinha escolha.

— Depois que Ewan morreu — disse Gordon —, Juliette e eu passamos muito tempo conversando.

— Eu sei — disse Richard.

— E ela me disse coisas que não contou para mais ninguém.

Richard sempre suspeitou que isso havia acontecido. Juliette nunca havia passado horas abrindo seu coração para ele — mas ele sabia que às vezes era mais fácil conversar com um estranho, como naquele caso, do que com alguém mergulhado no mesmo sofrimento.

— Não estou falando necessariamente de sentimentos aqui — disse Gordon. — Estou falando de certos fatos a respeito de Ewan.

— Tipo quais?

Richard percebeu que seu laconismo estava deixando Gordon incomodado, e aquilo o deixou tão feliz quanto constrangido.

— Isso é difícil para mim — disse Gordon. — Eu o conheço há muito tempo. Você é um bom amigo.

— Assim como você — disse Richard. — Mas essa Sra. Forde pegou você, Gordon. E, para ser sincero, estou surpreso; um homem inteligente como você.

— Me pegou?

— Enganou você, então.

A frustração de Gordon o desarmou por um instante.

— Você ainda pensa desse jeito? — disse ele. — Só o que você vê ou o que consegue sentir com as suas mãos é que existe?

— Claro que sim. Você está iludido se pensa diferente.

A transformação da lebre não havia sido natural, mas não havia exigido nenhum tipo de sacrifício intelectual, fé ou imaginação. Aquilo tinha se passado neste plano físico. Por qualquer motivo que tivesse acontecido, e qualquer que tivesse sido seu significado, foi real.

— Richard, você vai me perdoar — disse Gordon —, mas se não consegue enxergar que Ewan foi afetado por alguma coisa naquele campo, então você é o mais iludido de todos.

— Era tudo faz de conta — disse Richard. — Por causa das histórias que você contou a ele sobre Jack Grey.

— Eu só falei sobre Jack Grey para que ele pudesse dar um nome ao que ele tinha visto ou escutado. Eu achei que aquilo faria mais sentido para ele.

— Não estou entendendo.

— Estou dizendo que eu não sei o que tem lá, Richard. Não tudo. Ninguém sabe.

— Sério? Estou chocado.

— Acho que ser irônico não ajuda muito também.

— Como você espera que eu reaja, então? Isso não faz o menor sentido, Gordon, de verdade. É que nem toda aquela conversa fiada dos Faróis.

— Vou relevar essa ignorância da sua parte. Você está claramente chateado.

— Ah, pare com isso — disse Richard. — Se houvesse qualquer coisa lá, eu teria visto o que o resto de vocês viu quando a Sra. Forde foi lá em casa. Eu passei no teste dela, não passei? Ela encontrou seja lá o que estava procurando no meu sangue.

Gordon virou o rosto de lado e ficou olhando para a rua. Ele havia fraudado o exame.

— Pelo amor de Deus — disse Richard. — Por quê?

— Você queria ficar com Juliette, não queria?

— Então foi por gentileza, é isso?

— Foi por segurança.

— Como assim?

— Nenhum de nós queria que você sabotasse o encontro. Era importante demais.

— Para quem?

— Para Juliette, é claro. — Gordon virou-se para encará-lo. —

A culpa a estava matando, Richard. Eu não podia deixar que ela continuasse se sentindo daquele jeito.

— Nós dois nos sentíamos culpados, Gordon.

— Era diferente para ela.

— Como assim?

Gordon fez uma pausa e então disse:

— Ela estava junto com Ewan quando ele morreu, Richard. Ela deixou ele morrer.

Richard olhou para ele e tentou ir embora, mas Gordon o segurou pelo pulso com força, até ele voltar a se sentar.

— Foi pelo seu bem — disse ele.

— Meu bem?

— Eu preciso contar isso para você — disse Gordon. — Por favor, me escute.

— Contar o quê?

Ainda segurando o braço de Richard, Gordon disse:

— Você não sabe o quanto esteve perto da morte.

— Do que você está falando?

— Eu estou falando sobre Ewan, Richard.

— Ewan?

— Juliette me contou que acordou uma noite, alguns dias antes da morte dele, e o encontrou de pé ao seu lado, segurando um punhado de seixos do riacho — disse Gordon. — Você estava dormindo profundamente. Estava com a boca aberta.

— Ele não teria feito nada de mais.

— Não?

— Teria sido uma brincadeira — disse Richard. — Ele só tinha cinco anos.

— Mas e se Juliette não tivesse acordado?

— E daí? Mesmo que ele tivesse conseguido colocar todas as pedras na minha boca, eu as cuspiria.

Gordon ficou olhando para ele.

— Não, Richard, não — disse. — Ewan tinha molhado as pedras, para que escorregassem pela sua garganta. Você teria morrido engasgado.

Ele acariciou as juntas da mão de Richard com o polegar.

— Me deixe levar você até Starve Acre — disse ele. — Não volte sozinho.

— Tire a van do caminho — disse Richard, abrindo a porta e saindo.

— Nós podemos tentar convencer Juliette a ficar comigo e com Russell — continuou Gordon. — Eu posso fazer companhia para ela.

Richard ficou olhando para ele até Gordon ligar de novo a van.

Num trecho em que a estrada ficou plana, Richard pisou fundo, cruzando as poças de água e seguindo os rastros de lama abertos pelas caminhonetes dos fazendeiros. A cada poucos segundos, ele olhava pelo espelho retrovisor esperando enxergar Gordon vindo atrás dele. Ele era um tolo por acreditar em tudo que Juliette lhe disse. Ela só queria alguém para culpar pelo que havia acontecido, então culpou a si mesma. Que mãe não faria o mesmo? Ela não havia presenciado a morte de Ewan. Aquilo era uma metáfora. Ela estava dormindo profundamente quando aconteceu, mas estava com tanta coisa na cabeça naquela noite que deve ter sentido como se tivesse mesmo ficado do lado dele, observando tudo acontecer. Gordon não sabia de nada.

Richard esperava que a briga tivesse terminado com hostilidade suficiente para fazer com que ele ficasse longe, pelo menos por enquanto. As coisas já seriam ruins o bastante com os pais de Juliette lá. Especialmente sua mãe. A mão pesada de Eileen só faria com que Juliette reforçasse ainda mais suas barricadas.

Ainda assim, agora que Harrie tinha ido até a estação, Juliette estava sozinha. Se ao menos eles tivessem uma chance de conversar, ele tinha certeza de que seria capaz de se comunicar com ela. Estando apenas os dois dentro de casa, parecia mais provável que ela ouvisse. E se ela estivesse disposta a ouvir, talvez ele também pudesse convencê-la a ir embora de lá.

Esperando encontrar Juliette ainda entocada no quarto do bebê, Richard ficou surpreso ao ouvi-la na cozinha. Ele escondeu a caixa de veneno atrás da fila de galochas no corredor e pendurou seu casaco no cabide.

Quando entrou na cozinha, ela olhou para ele e terminou de cortar um sanduíche de carne e picles.

Alguma coisa na aparência dela havia mudado. Seu rosto tinha cor. Seus olhos estavam mais brilhantes.

— Você está com fome? — disse ela. — Posso preparar alguma coisa, se quiser.

Richard balançou a cabeça em negativa e sentou-se de frente para ela. Ficou se perguntando o que ela teria feito com a lebre.

— É bom ver você comendo de novo — comentou ele.

Entre uma mordida e outra, ela disse:

— Parece que não consigo ficar satisfeita hoje. Estou faminta o dia inteiro.

— Acho que você está precisando compensar um pouco.

Ele sempre conseguia perceber quando um pedido de desculpas estava a caminho. Juliette ofereceria a mão de uma maneira específica, gesticulando para que ele a pegasse. Ela fez exatamente isso.

— Desculpe, Richard — disse ela.

— Pelo quê? — disse ele. A mão dela estava quente. Sua pulsação golpeava os dedos dele.

— Por ter explodido mais cedo. Não queria preocupar você.

— Não tem importância. Você voltou.

— Eu sei que tem sido difícil conviver comigo — disse ela e, quando Richard começou a responder, ela o interrompeu: — Não, não precisa fingir. Eu sei.

— Tem sido difícil para todos nós — disse ele.

— Era só porque eu não estava entendendo o que estava acontecendo. Eu estou melhor agora.

Ela largou a mão dele, deu mais uma mordida em seu sanduíche e limpou um pouco de manteiga do lábio.

Richard olhou para o relógio.

— Quando foi que Harrie saiu?

— Não sei.

— Você não a ouviu saindo?

— Eu estava ocupada.

— Você sabe que ela saiu para buscar os seus pais, né?

— É claro.

— Bom, e não está preocupada? Você sabe o que eles querem fazer.

— Eu sei?

— Eles querem internar você num hospital.

— E como eles vão fazer isso? — disse Juliette. — Vão me pegar à força e jogar no porta-malas do carro?

— Você entendeu o que eu quis dizer.

— Richard, nenhum deles pode fazer nada. Assim que eles se derem conta disso, voltarão para casa.

— Acho que você está subestimando seriamente a sua mãe, Juliette.

— Não importa o quanto ela grite. Tudo que ela tem são palavras.

— Ela vai escrever cartas e dar telefonemas. Vai trazer médicos.

— Mas essa é a nossa casa, não é? — disse Juliette.

— E daí?

— E daí que nós não precisamos deixar entrar ninguém que não quisermos.

Richard a fez olhar para ele.

— Talvez chegue a um ponto em que nenhum de nós tenha mais como tomar essa decisão — disse ele.

— Eu não estou doente, Richard. Talvez eu estivesse, antes dos Faróis terem vindo. Mas agora tudo está claro. Eu não estou confusa.

— Você sabe que aquilo tudo foi uma encenação, não é? — disse Richard. — Gordon convenceu a Sra. Forde a me deixar ficar.

— Fiquei achando que provavelmente tinha sido isso mesmo.

— Então como você acreditou em qualquer coisa que ela disse?

— O que ela disse não interessa. Foi o que ela me mostrou — disse Juliette. — Na verdade, eu nem sei se foi ela quem me mostrou. Quando eu vi como as coisas realmente são, não pareceu ser uma coisa que eu já não soubesse.

— É exatamente como Gordon se refere a isso.

— Bom, é exatamente como é — disse ela, aceitando pacientemente o seu ceticismo. — Não estou dizendo isso só porque ele disse.

— Foi tudo um truque, Juliette — disse Richard. — E bem convincente, isso eu admito. Mas se você só está se agarrando nisso desse jeito porque está com vergonha de ter sido enganada, você não precisa se sentir assim. Você estava desesperada.

Ela sorriu serenamente e olhou para ele.

— Não foi um truque, e eu não fui enganada.

Ele olhou para o relógio mais uma vez.

— Nós podíamos fugir — disse ele. — Pegar só algumas coisinhas e ir embora.

— Ir embora? Por quê? Eu não posso ir a lugar nenhum, de qualquer forma.

— Claro que pode. Qual é o impedimento?

Ela olhou para o teto.

— Ele está dormindo — disse ela. — Eu ainda não quero acordá-lo.

— Você sabe que eles vão tomá-la de você — argumentou ele.

— Eles vão ter de pegá-lo primeiro.

— Por que não a soltamos no campo? — disse ele. — Seria um começo. Talvez os convencesse de que você está melhorando.

Ela sorria para ele. Ela não estava entendendo.

— Juliette, me escute — insistiu Richard. — Assim que sua mãe e seu pai chegarem aqui, eu e você não poderemos conversar a sós desse jeito. E é por isso que devemos ir embora.

— Conversar sobre o quê?

— Sobre você. Sobre aquele animal, Juliette. Do que você acha que eu estou falando?

— Nós estamos conversando, não estamos?

— Eu quis dizer conversar direito. Longe daqui. Onde teremos mais tempo.

— Richard, nós temos o resto das nossas vidas. Com o que você está preocupado?

Ela terminou o sanduíche e começou a cortar uma maçã com uma faca de frutas.

— Por favor, Juliette. Faça uma mala e vamos embora. Nós poderíamos ficar hospedados na Stella por alguns dias. Tenho certeza de que ela não teria problema com isso.

— Mas eu estou perfeitamente feliz aqui.

— Agora, talvez. Mas tudo vai mudar. Acredite em mim.

Juliette atravessou a maçã com a faca para tirar as sementes.

— Lamento por você, Richard — disse ela. — Lamento mesmo. Eu daria tudo para que você pudesse se sentir em paz. Jesus, quando eu penso em todos aqueles meses que passei me culpando pelo que eu fiz — continuou ela. — Não é nenhuma surpresa que eu estivesse doente.

— Pelo que você fez?

— Ewan — disse ela. — Eu estava com ele enquanto ele morria. E eu não fiz nada.

— Ele morreu sozinho, Juliette. Aconteceu no meio da noite.

— Não, eu também estava lá. Eu acordei e fui ver como ele estava enquanto você dormia.

— E você o deixou morto na cama para que eu o encontrasse na manhã seguinte? Pare com isso. Não acredito que você faria uma coisa dessas.

Richard pegou a mão dela de novo.

— O que aconteceu com Ewan não é culpa de ninguém — disse ele. — Não é sua culpa, de forma alguma. Você não devia sentir culpa.

— Mas é isso mesmo — disse ela. — Eu não sinto mais culpa. Eu sei que a luz o deixou por um motivo.

— Do que você está falando?

— Porque ele estava muito infeliz, porque ele continuaria a ferir outras pessoas — disse ela. — Richard, tem toda uma inteligência por trás de tudo que acontece. Eu queria muito que você pudesse enxergar isso.

— Não houve nenhum motivo para que Ewan morresse quando morreu — disse Richard. — Foi o que os médicos disseram. Você não se lembra?

Ela ofereceu um pedaço de maçã a ele. Ele não disse nada, e ela mesma o comeu.

— Você vai perceber o quanto somos privilegiados muito em breve — disse ela. — Nós temos uma nova chance para amar, Richard.

— Um filho, Juliette. Não aquele animal.

— Mas nós o chamamos, e ele decidiu vir. Isso é maravilhoso, não é?

Ela tocou seu cabelo, o beijou e saiu. Richard ficou observando enquanto ela se afastava e, em seguida, ouviu os canos da casa despertarem chacoalhando quando ela abriu as torneiras da banheira.

Apesar do que Juliette havia dito, era evidente que ela ainda se sentia culpada pela morte do menino. Mas o coração de Ewan era imperfeito desde o dia em que o garoto nasceu. Os médicos disseram isso a eles. A anomalia poderia ter se manifestado a qualquer momento, eles disseram. Quando estivesse dando seus primeiros passos ou na fila para sacar sua aposentadoria. Não tinha como prever. Ninguém era capaz de entender todos os contextos e processos que determinavam sua sobrevivência de um instante ao outro. O que significava que ele não poderia ter vivido melhor do que viveu. Não havia nada que Richard ou Juliette pudessem ter feito que mudaria o que aconteceu.

Na época, ouvir aquilo não trouxe nenhum conforto. Mas tinha a vantagem de ser verdade. Podia ser demonstrado com diagramas. Havia livros que explicavam um coração defeituoso em grande detalhe.

Richard procurava por eles nas prateleiras e nas pilhas debaixo da janela do escritório. No fim do corredor, o telefone começou a tocar. Sabendo que seria Gordon, ele pensou sobre aquilo e decidiu ignorar, arrancando a fita adesiva da última caixa de papelão.

Ele não acreditava que Juliette estivesse tão perdida a ponto de não dar ouvidos ao bom senso. Ninguém chega tão longe. Até mesmo seu pai poderia ter sido trazido de volta, se tivessem tido tempo.

Ele tirou da caixa livros sobre câncer pancreático, sobre o lince-ibérico, sobre aminoácidos, os anéis de Saturno, irrigação em terreno pantanoso e o ictiossauro.

Entre uma obra sobre granito e um tratado sobre pneumatologia havia uma pequena pasta de couro e, dentro dela, as gravuras restantes, costuradas com um barbante. Richard levou o livreto até a escrivaninha e ligou a luminária.

Lá estavam os três meninos, os Filhos Esquálidos, capturados pela turba ensandecida. Lá estavam, acorrentados numa cela.

No resto da página, uma corte de justiça repleta de janelas e rostos angustiados, e o juiz em sua cadeira compelindo os réus a "exporem todos os fatos perante Deus".

Depois, os instrumentos de persuasão improvisados daquele vilarejo. A pinça do ferreiro. O chicote do lavrador.

Eles foram, aparentemente, muito produtivos, pois as confissões não tardaram a acontecer.

"Foi Jack Grey quem nos ordenou! Foi ele quem nos obrigou a fazer todas essas maldades, senhor!"

"Onde vocês o encontraram?", perguntou o juiz.

O artista descreveu a resposta que foi dada.

Lá estavam os três meninos de pé, no meio do campo, sob a luz do luar.

Lá estavam os três meninos ajoelhados, reverenciando a criatura que saía do bosque.

Uma enorme lebre de olhos brilhantes.

As últimas páginas do livro estavam amareladas e esfareladas pela ação do tempo, e não resistiriam a serem folheadas muitas vezes. Talvez fosse melhor assim.

Lá estavam os aldeões reunidos ao redor da árvore "Em Júbilo pelo Encerramento de um Ato Diabólico".

No galho, uma corda comprida e esticada, e em sua ponta, o corpo flácido da lebre pendurado na forca.

E então, lá estava o carrasco enterrando o animal ao lado dos cadáveres dos três meninos.

Lá estava o lenhador com seu serrote na mão observando os aldeões jogarem o Velho Justiceiro dentro da mesma cova.

Do lado de fora, Richard ouviu Harrie estacionar o carro. O motor continuou ligado por alguns instantes e, em seguida, silenciou. Ele queria ter passado o cadeado na porta da frente. Isso lhe daria mais algum tempo com Juliette. Deixando as gravuras em cima da escrivaninha, ele subiu as escadas para avisá-la de que seus pais haviam chegado, e encontrou a porta do quarto do bebê destrancada. Ela estava em seu roupão, ainda molhada do banho. Ela o convidou a entrar e se virou novamente para a lebre, que começava a se mexer, acordando debaixo das cobertas, deitada no berço.

Uma luz noturna mantinha o quarto todo num tom suave de azul. Um relógio tiquetaqueava. Mais alguns brinquedos de Ewan haviam sido resgatados das caixas na área de serviço, e o tapete estava cheio de bichinhos e blocos de plástico coloridos, alguns montados, outros simplesmente jogados por ali.

No andar de baixo, o corredor começou a se encher com o barulho de vozes com a chegada de Harrie, Eileen e Doug. O telefone voltou a tocar.

Richard tentou falar com Juliette, mas ela fez um sinal para ele se calar e se inclinou sobre o berço para pegar a lebre. Não sem algum esforço. O animal havia crescido e ficado musculoso. Seu corpo comprido ficou suspenso no ar, e Juliette foi dobrando suas patas traseiras inquietas até a lebre se acalmar, abraçada contra seu peito.

Ela tinha razão. A lebre queria estar ali. Ela sempre quis estar ali. Quando ele a levou até o campo, ela tentou voltar correndo para Starve Acre para encontrar Juliette. Ela só havia corrido para o bosque porque foi obrigada.

Eileen os chamou. Richard ouviu o barulho de seus sapatos andando até a cozinha. Harrie atendeu o telefone e começou a discutir com Gordon.

— O que eu faço? — disse Richard.

— Deixe que eles venham — disse Juliette.

— Mas eles não podem ver você desse jeito.

Eileen agora subia as escadas correndo, gritando novamente por Juliette. Doug a seguia, gritando mais alto. Mas não havia raiva em suas vozes, só um tipo de medo que Richard conhecia muito bem. Era o terror particular de toda mãe e pai. A sensação persistente de que os filhos estão constantemente se afastando deles. Que estão fora de seu alcance, impossíveis de serem salvos. Dentro de seus próprios mundos delirantes.

Sentada na cadeira de balanço, Juliette começou a movimentá-la com o pé, acariciando as orelhas do animal. Quando ele se acalmou, ela abriu o cinto do seu roupão, tirou um dos braços de dentro de uma manga e segurou um dos seios, que estava enorme, e muito branco. Ela ofereceu o mamilo à lebre, que, apoiando uma das patas no seu colo, agarrou-o com força e começou a beber.

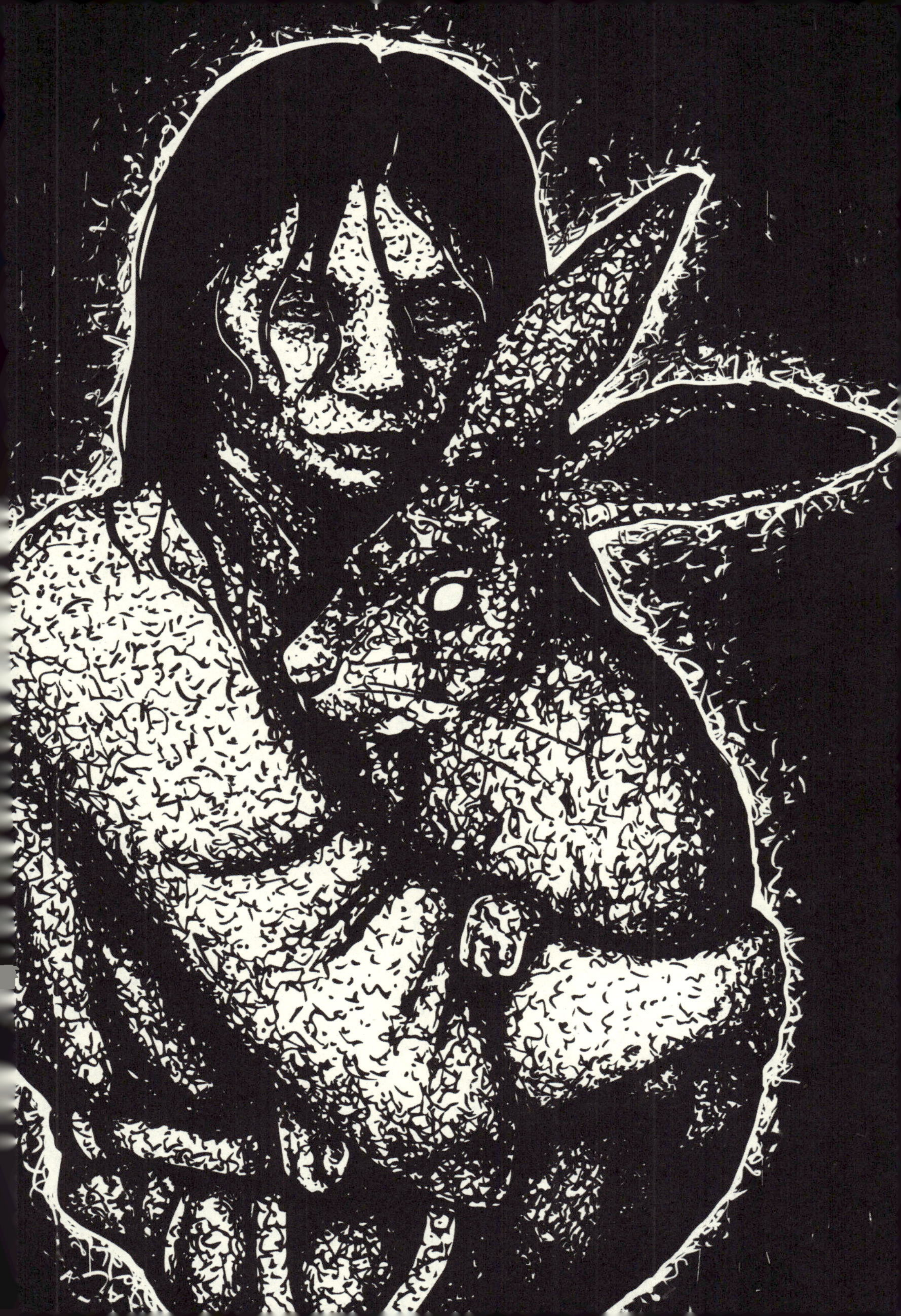

AGRADECIMENTOS

Obrigado a Nathan Connolly, da Dead Ink Books, por ter encomendado este livro, em primeiro lugar, e por ter me convidado a fazer parte do incrível projeto Eden Book Society. Também gostaria de agradecer a todos na John Murray que trabalharam tão duro para que o livro saísse — meu fabuloso editor, Mark Richards, pela sua fé inabalável na minha escrita, e Becky Walsh, Amanda Waters e Morag Lyall, pela sua atenção aos detalhes e seus conselhos inestimáveis. Obrigado às extraordinárias assessoras de imprensa Yassine Belkacemi e Emma Petfield pelo apoio que continuam me dando na divulgação do meu trabalho. Como sempre, agradeço muito a Lucy Luck, minha fantástica agente. Obrigado por tudo que você faz, principalmente me manter são e assalariado. Por fim, agradeço a minha linda família, Jo, Ben e Tom — obrigado por serem tão compreensivos com todas as madrugadas que passo em claro, trabalhando.

© Johnny Bean

Andrew Michael Hurley nasceu na Inglaterra e seu primeiro romance, *Loney*, publicado pela Intrínseca, rompeu as fronteiras do mercado independente, recebeu resenhas elogiosas dos principais veículos de imprensa internacionais e conquistou o grande público, além de arrebatar o júri do prestigioso Costa Book Awards, rendendo a Andrew Michael Hurley o prêmio de melhor autor estreante de 2015. Hurley também é autor de *Devil's Day* e hoje mora em Lancashire, na Inglaterra, onde leciona literatura inglesa e escrita criativa.

1ª edição	MAIO DE 2021
impressão	SANTA MARTA
papel de miolo	PÓLEN SOFT 80G/M²
papel de capa	CARTÃO SUPREMO ALTA ALVURA 250G/M²
tipografia	ADOBE JENSON PRO E ITC QUORUM STD